[葡萄牙]贾伊米莉亚·佩雷拉·德阿尔梅达 著
桑大鹏 译

罗安达，里斯本，天堂

四川文艺出版社

致翁贝托

塞韦里诺的婚礼是那些年的高光时刻。这位建筑工地的瓦工时年十九岁,双亲故去。教父卡托拉受邀做证婚人。他穿着洗过的衬衫和刷洗过的灯芯绒西装主持仪式,将家长的庄严赋予婚礼。他在头发上抹了半瓶古龙水,用可可脂擦拭额头,甚至磨了折刀,为了把胡须刮得更干净。

婚礼在圣芭芭拉小教堂举行,教堂当时还不过是通往切拉斯路上五号街区的一座预制板房。新郎教父用五百葡盾和一把从罗安达带来的音叉,同一个金银器贩子交换了一条带角坠的镀金银项链,送给新娘作为彩礼。新娘的表亲们如同对待家人一般招待新郎和教父。卡托拉和娜塔莎应着乌尔巴诺·德卡斯特罗的歌声在金泽车库里跳起婚礼开场舞,赢得众人的掌声、口哨声和欢呼:"卡托拉太牛了!卡托拉太牛了!"

之后,教父对着炖肉、炸肉饼和丽塔做的油炸面圈大快朵颐。孩子们用龙舌兰酒把他灌醉,在舞池中将他高举,仿佛他是轿子里抬着的圣人。新郎将其安顿在一张旧沙发上,在为他盖上毯子时,听到他这样说:"塞韦里诺先生知道萨莫色雷斯的胜利女神像吗?对啊,你当然不知道。"欢庆一直持续到清晨。卡托拉醒来时仍然睡眼惺忪,看到满脸眼眵的孩子们倒在披头散发的老妇身上睡觉。新娘坐在角落的啤酒箱上，头冠歪斜，瘫倚着沾满灰尘和酒渍的裙摆。时值周日，妇女们点燃炉灶做饭，人们在火边烤鱼，吃着香肠炒蛋，把音箱接上发电机，欢庆再次开始，一直持续到周一清晨。结束欢庆后，新郎的工友们直接去建筑工地上工。他们意犹未尽，围绕婚礼这个唯一话题讨论不休。

第一章

如果将一个故事比作一只动物的身体,那么它可以从脚踵讲起。

卡托拉·德索萨的小儿子左脚踵生来畸形。父亲给他取了一个古希腊名字:阿基里斯,试图诉诸传统来决定他的命运。"生在特洛伊人地盘上的希腊人,总好过生在狮子地盘上的羚羊。"阿基里斯受洗那天,他举起男孩自我暗示。孩子将两根手指含在嘴里,擤擤鼻子,好像是对他表示赞同。来宾们举起啤酒杯高呼:"前进!"父亲托着男孩臀部,用手抓着他的脚踵掩饰缺陷。人们照常吃喝庆祝,仿佛婴儿的脚踵完美无缺。卡托拉是罗安达玛丽亚·皮亚医院的一名高级助产士。他如同一个暴躁的独裁者,为家人注射疫苗和抗生素,但却无法掩饰这一事实:阿基里斯的宿疾如同生命中的一根刺,让他感觉如芒在背。在前途无量的青年时期,他就升为了莫萨梅德斯[①]的省医院急诊室主任。后来举家搬迁到罗安达,但他认为这是个失败的抉择。

关于自己的儿子,他对朋友们夸夸其谈以掩饰其缺陷,过分的狂热反而招致了他人睨视。看着婴儿爬行,父

[①] 今称纳米贝,是安哥拉西南部的城市,该国纳米贝省的首府。(本书注释皆为译者注)

亲隐约可见他成年后的模样。如今儿子承载着勇敢的卡托拉家族的血统,他们因涉水过河、穿越烈火和亲手杀死野兽而闻名遐迩。身边别无他人的时候,父亲看到孩子步态蹒跚,不禁为他的病祸长吁短叹。踏上走廊的地板,阿基里斯就因病祸而衰老。

如果儿子在客厅门口对他微笑,他则需要克制冲动,不去向那个肚子鼓鼓的小家伙敬军礼。阿基里斯穿着尿布在公寓里爬来爬去,他渴望迅速长大,也渴望被生命——受失败身体拖累得衰老而痛苦——彻底吞噬。父亲因为阿基里斯,在家里也得摆出社交中的郑重派头。男孩好像身负某种智慧,在沐浴后卡托拉为他擦拭椰子油润肤的身体里承载不下。无论是在前厅的蕨类植物旁,还是在厨房门口的电话桌下出现,阿基里斯在父亲看来都是过失的产物,生活和战争的列车将从他身上碾压而过。阿基里斯的表姐妹和姐姐对这个全家的幺儿照料有加,她们把他抱到格洛丽亚面前的时候,卡托拉看着儿子不禁动情,同时也苦恼不已:儿子无论如何成不了王子,只当四个月不行,在青春年华也不行,天啊,哪怕他把葡萄牙语繁复到残忍程度的语法学会也不行。

天生缺陷将男孩推向一个谜团,将卡托拉拒绝在外。如果一个人连自己的过去都无法言之凿凿,那么卡托拉——一位上当受骗的可怜雕塑家——更不可能说得清他所创造的生命是怎么回事。病祸或许是与生俱来,但是由此带来的谕告却切实可见。如果儿子生有残陷,那么就不是他的种,尽管是由他创造。无论父亲还是患病的母亲,都无法参与孩子的未来。在阿基里斯的人生中，父母不过是收到不明包裹而不知所措的收件人。

卡托拉站在露台上，置身于黏腻的湿气中，扪心自问到底是哪里做错了。回忆没有给他任何帮助，也许上帝想要通过发送残品传达什么信息。阿基里斯裸露着肚子睡在沙发上。父亲苦恼不已，思索着儿子是不是他人生命的结晶，到来只是为了让他担惊受怕。

卡托拉抽着烟，望着广场对面缠着头巾的卖鱼妇女。她们把鱼摆在铺着血水淋淋冰块的盆子里，叫卖道："喂，竹荚鱼……喂，竹荚鱼……喂，竹荚鱼……"膝盖脏兮兮的孩子们沿街而行，似乎不知道自己要去哪里，他们踉跄的双腿仿佛不属于自己。在低处楼房的一间公寓里，煮着斑豆的高压锅在一首多米尼加情歌的回荡中吁吁作响。在罗安达这个雾蒙蒙的清晨，天空没有派来任何一只苍蝇与他分享忧愁思绪。也许不是他要如同怀抱一个问号一般，全心照料阿基里斯，而是儿子为了替父亲担当，来到他的生命中。

第二章

在医院里，经过病情评估、惊吓和一再拖延之后，父亲得到答复：如果儿子在年满十五岁——也就是1985年——的时候做手术，脚踵就会得以治愈。在所有人对手术日期的盼望中，孩子逐渐长大，但在卡托拉看来，这个日子却染上了不祥的色彩。他无法解释缘由，因为自己的身体还如钢铁一般强健。男孩每长大一岁，家人都庆祝他离得以治愈的年龄又近一步，尽管没有人预见治愈意味着经历多少磨难。仿佛1984年一过，男孩就会完美无缺地行走。

在孩子人生的最初五年，全家经历了母亲格洛丽亚日益严重的瘫痪，也见证了国家独立①日益迫近。卡托拉在身体每况愈下的妻子床边度过了这五年。他像闪躲街上的流浪汉一样，对政治避而不谈，甚至到了把手榴弹爆炸误认为血压测量泵运转的地步。格洛丽亚自1970年初就卧病在床，她在内心某处还保留着二人美满婚姻那些年的记

---

① 安哥拉原来被称作葡属西非，是葡萄牙最具经济价值和最富庶的殖民地。1482年葡萄牙人侵入，1576年以罗安达为据点不断向南部和内地扩张。1884年至1885年举行的柏林会议上，安哥拉被划为葡萄牙殖民地。1922年，葡萄牙派军队占领了安哥拉全境。1951年开始，安哥拉改成葡萄牙的一个海外省。1961年1月开始，安哥拉人展开实际反抗行动。1975年11月10日，最后一批葡萄牙军队撤离安哥拉；11日，安哥拉宣告独立，成立安哥拉人民共和国，结束了葡萄牙人五百年来的殖民统治。

忆。在一座应有尽有的平层别墅，在一个闷热房间的阴凉处，丈夫施膏一般为诞下男孩的圣骨匣擦洗身体，尽可能挽留她垂危的躯体。她不知道自己是谁，也不知道身在何处。她的记忆还滞留在葡萄牙帝国时期，就像一块被曲别针钩住扯破的刺绣花布。也许她梦到卡托拉开着福特车带她在海滨兜风，或者是自己打扮得雍容华贵，按时出门和朋友见面——她戴着蕾丝手套，穿着细高跟鞋，是唯一被白桥酒店接纳的黑人女孩。

父亲将浑身赤裸的孩子放在母亲身上，孩子向她的脖子爬去寻觅乳房。男孩用两只小手捏着干瘪的乳房，舔了舔母亲的鼻子，弄得她打喷嚏。他把手伸进母亲嘴里，拉着她的舌头，弄得她直咳嗽。"阿基里斯，叫妈妈。"父亲教他。他却一再重复着"抓……抓……抓抓"。

格洛丽亚在床上不停颤抖，不住地说着梦话。军队在街道上列队，汗如雨下，她则呻吟着要香蜂草茶……流苏花边……可口可乐……番石榴酱……或者哼出一曲羔羊颂。

男孩经常连续几个小时一动不动地发怔。他总是心事重重，引人生疑，惹人不安。姐姐茹斯蒂娜发现：明明面前空无一物，他却常常直勾勾纹丝不动，仿佛空无是最有趣的表演。她把他安放在盆中坐定，他就像欣赏一群巨人一般凝视着表姐妹的脚。有时，他似乎因自己的运气暗自偷笑，还举起双臂振振有词，如同在指挥一个管弦乐队。

他的下巴遗传父亲，鼻子遗传外祖母，双眼则遗传自母亲。每当弄脏尿布，他就皱起眉头，简直是"活脱脱的列宁再世"——据一位邻居断言。换尿布的时候,他一脸轻松,被碰到肚脐还会前仰后合,活像一尊调皮的小弥勒佛。他肤色不浅,也没有继承格洛丽亚的高额头,尽管"对于班图人①来说,这根本不算什么"。父亲吃力地为儿子系扣子,努力不去理会他左脚明显的缺陷。"没有什么比平凡无奇更糟糕了。"他自言自语,自我宽慰。这就是他真实的感受。

阿基里斯处处效仿父亲:把纸巾卷成卷,假装抽烟,用响板大小的拳头敲打桌子,还把每个人都叫作黑鬼。父亲总是说儿子会成为哲学家,或者起码能成为柏林爱乐乐团的第一位黑人指挥家。姐姐对父亲的吹嘘非常恼火,认为弟弟是个懒家伙。每次给弟弟穿衣服,她都会揪着他的鼻子叫他淘气鬼。

阿基里斯出生后一个月,一位女邻居患败血症去世。将其死亡归咎于男孩、认为他是不祥之兆的人一概被从家里赶走。父亲把男孩放在膝盖上,一条腿上下颠簸,悠着男孩玩骑马驹。四岁生日时,父亲送给他一把木剑,但孩子更喜欢用扫帚当马,骑着在家里到处转悠。他在各个角落吮着芒果核自得其乐,高高兴兴地把手指弄脏,如同一位尚在童年的圣人。

---

① 亦称"班图尼格罗人",非洲最大的族群,分布在北纬4°以南赤道非洲和南部非洲广大地区。语言均属尼日尔-科尔多凡语系尼日尔-刚果语族。多持传统信仰,部分信伊斯兰教或基督教新教,多从事农牧业。

转眼间，在怀抱中，在一节又一节课后，在期盼和耳光中，花开结果，男孩学会给动词"是"变位。

飞转的时光没能避免阿基里斯在学校里成为被同学取笑的瘸子。他背着一个黑色书包来上学，那是父亲在20世纪30年代末为天主教传教布道时背的公务包。他早早就得到了一只矫形鞋，却也因此成为课间休息时他人的笑柄。孩子们嘲笑他说："穿靴子那小子来了。"他们臭味相投，争先恐后取笑他，急切得如同监狱中相互撕咬的犯人。阿基里斯毫不屈服，矫形鞋是他的尊严所在。他不在意中伤，也就不理解他们在嘲讽什么。一旦他理解了嘲讽，就向对方还以颜色。他装出空手道的架势挑衅他们，如同斗牛士挑衅斗牛，最后却被对方摔在地上，双腿劈叉，矫形鞋也"砰"的一声落在沙地上。所幸他并非孤身一人：小佩德罗是独眼龙，泽卡缺了一条腿，保利塔浑身皮疹，瓦尼塔近视却不戴眼镜，小路易莎生来心脏肥大，皮图绍长着兔唇。在学校的操场上，一架小飞机残骸逐渐朽烂，这是身存缺陷孩子们的特洛伊木马，他们在残骸里玩打仗游戏。这场冷战中，失去父亲的孤儿扮作苏联人，家里没有发电机的孩子扮演美国人。

父亲是儿子脚踵缺失的那一小部分。不得不与其他孩子分享宝贝儿子的陪伴，父亲妒火中烧，常以写作业为由把儿子关在家里。得知儿子春心萌动，他面露不快，惹得儿子心生厌烦。

接下来的两年，卡托拉开始用黑鞋油染胡须。茹斯蒂娜日渐长成，她的革命理想让父亲恐惧不已，胡须渐白。

七岁时，阿基里斯开始拄拐走路（"谁叫你瘸子，你就咬他。如果他抓住你不放，你就更使劲咬他。"父亲跷起食指，指着他教唆）。八岁时，男孩爱上了三楼的邻居，一个混血女孩，一对双胞胎的母亲。顷刻间，他从"瘸子"变为"舞者"。在求爱的路上，他打败一两位竞争者，得以获胜。虽然自己不曾成为王子，不得宠幸，但也不是傻瓜。

经年累月，父亲被资源匮乏的医院的官僚主义所消磨。他感到每过一个月，双手的颤抖和胸中不时出现的压迫感就更加严重。父亲想象着自己不久后第一段人生的葬礼，就在父子俩出发去里斯本（这是他终生梦想的旅行）参加会诊那个乌云密布的日子。不付出任何代价，儿子就可以正常行走，这种可能性他想都不敢想。

儿子九岁至十一岁这几年，父亲告假在家。1980年，女儿未婚先孕，生下一女取名内乌莎，令他不满。这位新晋外祖父在家里为女邻居们治疗足癣和甲沟炎，抱着外孙女悠来悠去，逐渐失去了时间的概念。1982年，阿基里斯年满十二岁，父亲意气用事，在公寓门上挂了一块牌子，自称"足病专业医师"在家行医。他赤裸上身套着围裙，戴着脏兮兮的棉手套，在露台上接待病人。如果病情严重，他还会戴上外科口罩。他日渐佝偻，觉得自己是个医术低劣的江湖郎中。他数着零钱，通过修整脚指甲认识女邻居，通过居家环切包皮的薄厚认识男患者。为了做好环切手术，他还配了一个单镜片的半月镜。

1983年，格洛丽亚病情好转，可以自行吃饭了。她昏昏沉沉地醒过来，要吃草莓，丈夫就用粗木薯粉混着奶粉打发她。如果没有奶粉，就用开水冲粗木薯粉。长此以往，生病的格洛丽亚重了三斤。

表姐妹洗澡时，阿基里斯透过钥匙孔偷窥，似乎要确认她们是否按照只存在于自己脑中的卫生手册里的规范来清洁身体。在他的想象中，女人是水汽缭绕、披着秀发、皮肤有斑、散发着皂香的形象。父亲很快就迷失在儿子的各种大道理中，如同在一本难懂的书里晕头转向，并赞叹自己创造的生命是个修来的奇才。卡托拉不想理解阿基里斯对他说的一切，但是男孩的言语皆是对父亲的模仿。当父子二人彼此理解至深的时候，父亲告诉他：每个顶天立地的男人，在世上都有一个自己专属的金发女人，就如某些民族的文化相信每个男人都有自己专属的处女名单作为报偿。阿基里斯睡觉时，一个表姐把脚趾往他鼻孔里塞，或者像羊蹄贵妇[①]一样尥蹶子踢他一脚，他却还以为自己依偎在电影女星怀中。

1984年没有留下回忆。阿基里斯用掉五个蜡纸本，一遍又一遍涂画里斯本。被特茹河环抱的市中心，一场用亮蓝色蜡笔画成的滂沱大雨肆虐而过。用圆珠笔细致描绘的航空母舰处处可见。远处是一艘被越南间谍掌管的潜艇。等比例绘制的新星大道区附近，一长串的椰子树为穿着泳

[①] 葡萄牙民间传说中的人物。相传一位贵族在自己的领地打猎时，对一位唱歌的丽人一见倾心，两人结婚后，他才发现女子脚上长着羊蹄。

衣闲逛的家庭遮阳,他们在阴凉处野餐,周遭是白马、救护车、火灾和人面猴。阿基里斯把一幅幅画稿揉成团,扔进厨房露台上一个废弃的汽油桶里。有一天,姐姐把桶里灌满了水,画稿如一艘艘遇难的小船浮出水面。

第三章

卡托拉一定要亲自收拾带去里斯本的行李。夫妻二人关在房间里，他一整个下午都在整理行囊，而妻子则躺在床上不停提出建议。对于离别，格洛丽亚比卡托拉内心更加平和。如果他觉得再也无法相见，那么在她看来离别只是一段间歇，之后夫妻还会重逢。他们对未来抱有截然不同的看法，两种视角在中途相会，归于无可奈何甚至是无力回天的绝望。

丈夫沉思着：自己将要在人生中第一次面对大千世界。虽然他一直自认是名誉科英布拉①人，但终究还是害怕不被里斯本接纳。张口说"罗西奥广场"② 就足以露馅，他没有向妻子袒露这份担忧。

卡托拉坐在窗边的长凳上卷烟，一再重复自己知道的所有里斯本街道名称，仿佛刚刚开口说话一般不停校正发音。"安东尼奥·奥古斯托·阿吉亚尔大道，对，尊敬的先生，劳驾载我们去安东尼奥·奥古斯托·阿吉亚尔大道。"他对自己想象中的出租车司机一遍遍练习，双眼盯着对面的建筑，在一辆奔驰车的副驾驶座位上穿越首都。

---

① 葡萄牙中部城市，因葡萄牙最古老的大学——科英布拉大学坐落于此而闻名于世。
② 正式名称为佩德罗四世广场，是位于葡萄牙首都里斯本市中心的广场。

待抵达里斯本时，他将年事已高，为宗主国的快节奏大感惊诧。"劳驾，载我们去七条支流街区。"但是想象中的出租车司机一声剧咳，回答说没有散钱给五百葡盾找零。

里斯本等待他投降方可迎接他。他终于抵达代表进步的城市，也知道了自己需要如同受伤归家的士兵一样，才能得到里斯本接纳。

"爸爸，看看吧，要带的纱布已经够多了！"格洛丽亚将他从抽屉、箱子和口袋的开开合合中唤醒。一个闹钟、一个听诊器、杀菌纱布、一把音叉、两个小领结、过期药膏、一本旧的英式日程本、打火机、插图百科全书若干分册、配不成对的袜子、一把木勺、一套钢笔、红药水、装饰方巾、一把折刀、出生证明、就业记录簿、几件夏装脏衣服和十包黑烟叶——它们将在未来成为一座被烧毁的破屋的残骸。在一个纸板箱里，他用报纸包了三斤木薯和五条熏鲇鱼。这简直是一个海盗的行囊，而不是一位苦恼父亲的行李，更说不上是一个移民者的行李。

在茹斯蒂娜出生之前，夫妻俩就已供养着两个表姐妹。格洛丽亚害怕自己被丢给家里的女孩们照顾。她感觉女孩们因长大而和她疏远，不知道她们将会去往何处，是否会带着她一起走。格洛丽亚健康尚存时，没有人想要和冲动暴躁的她打交道，也没有人愿意通过她深入了解到底何为傲慢——只有女人才会将其误解为虚荣。受恩怀胎阿基里斯九个月，她锐气大减，甚至人们认为她已经变了。在生命中她第一次心平气和地行事，向他人显露出幸福感。她香肩外露，毫不在意邻里的看法。她踩着缝纫机，用旧窗帘给女孩们做连衣裙，还为丈夫剥水果吃。

卡托拉亲眼见证了妻子生产，随后发生的一切毫无征兆。高烧在一周后发作，她先是大出血，然后是长时间的沉寂。公寓沉睡，女孩们不敢大声说话，蹑手蹑脚走来走去。门铃关掉，百叶窗拉下。孩子们不再来敲门讨块蛋糕吃，不再有人在客厅跳舞或者带男朋友回家。每周日的烧鱼配什锦由此取消。邻居们不再到客厅里相互编辫子。在卧室里，全家的灵魂人物忍受着高烧灼心，神志不清。缺了格洛丽亚专横的指挥，全家都惊慌失措，章法全无，连丈夫的步伐也变得踉踉跄跄，仿佛是用鳍走路而不是脚。阿基里斯的出生为卡托拉·德索萨一家带来了欢乐。而对随之而来的暗无天日，全家最终也习以为常，如同阴暗处的花朵一般日渐凋零。

享有健康似乎是谜一般的格洛丽亚受人尊重的条件。面对她赤裸而羸弱的身体，照料者们出于好心，不愿意承认她的秘密。表姐妹和女儿在她的房间进进出出，如同对待洋娃娃般为她准备饭菜、擦拭身体和梳头，而洋娃娃逐渐占有与之结伴玩耍的女孩的灵魂、声音和愿望。她们没有想到格洛丽亚把钥匙掉落井中，如今连她本人都无法取回。

茹斯蒂娜和表姐妹是户外植物，抗拒去习惯黑暗。她们渴望摆脱照料格洛丽亚的责任，但是不把她们拖回曾经的阴影，格洛丽亚似乎就不甘心死去。她们对家里的寂静感到不快，连自认为有权享受的光亮也被扣留。她们开始在闲聊时忽视她，仿佛女主人从来不是全家的一分子。一个人在哺养这么多人之后，居然可能被迅速遗忘。城市映射在女孩们的渴望中，无暇顾及她的病况。虚荣、窃窃私语、连衣裙和口红仍未停歇，即使用枕头把它们全数捂住。公寓起初似乎接受了死亡的命运，不久之后寂静被冷漠所取代。

女孩们又恢复了原来散漫放浪的生活状态。在她们愈加沸腾的笑声中，病人躺在床上缓慢消亡。罗安达一拳一拳砸门，但不再尝试唤醒格洛丽亚。黑暗中断，女孩变回逆反的女人。母亲的房间变成了发病的肿块，而肿块所属的身体还欲求生。她对自己养育的表姐妹感到失望，在病床上不断呼唤女儿。女孩们不再像以前那样悉心为她擦洗，也不再因为病情的丝毫复发而胆战心惊。母亲的房间再也没有打扫，日渐沦为一间储藏室。格洛丽亚终日卧病在床。箱子、旧衣服、旧笔记本和丢弃在脏地毯上污渍斑斑的床单在她周身堆积起来。每天早上，表姐妹都会打扫客厅地板。同学们来看望女孩们，却从不过问病人的情况。"茹斯蒂娜，过来！"每当她听到走廊上的笑声，就在床上喊道，这时她们才想起她还没有死。

如果说家里其他人还确信可以猜到格洛丽亚的心思，那么对丈夫而言，她就像一个日益封闭的秘密盒子。他被迫维持盒子的封印，不敢造次。他总是误读妻子的意图和想法，这激起了当下妻子体中缺失的烈火。夜里，他依偎在她身边，好像安睡在一座宝库中。他强烈企盼自己永远无法打开这座宝库。

对其他人来说，如果卡托拉不在家，格洛丽亚就沦为一具一眼望穿的躯壳。他们认为这是她的宿命，不过是提早几年来临。女孩们在床上给她擦洗，冷漠地翻转她的身体。她们讨论着男欢女爱，仿佛她听不见。对于她的抱怨，她们也是翻着白眼。她们叫她妈妈并非出于尊重。对她们而言，她已是行尸走肉，业已死亡。

格洛丽亚和卡托拉在无人相识的地方为爱情挖了一张床，他们在妇女们的来去匆匆、一次次关门声、孩子们大喊大叫和楼上楼下女邻居的打扰中间，体验着微不足道的快乐。女邻居们总是借口晚饭所需来讨一撮盐，最后却落座和全家人一起吃晚饭。在这番鸡飞狗跳之中，丈夫和妻子仍然与他人疏离，如同新婚燕尔、尚无儿女那几个月般如胶似漆。

卡托拉跪在床边为格洛丽亚洗头。她总是说："再浇一杯水，爸爸，辛苦了。"然后闭上眼睛，仿佛一注细流会流淌终生。城市在屋外咆哮，他们却充耳不闻。如果家里有止咳含片，格洛丽亚就会向孩子们要一两颗，在睡前丈夫为她脱衣服、把她从轮椅移到床上的时候，喂到他嘴里。他沦陷于妻子的关爱中，以为自己已经放弃了应有的英雄主义。大自然居高临下，毫不吝惜地向卡托拉施以慈悲，让他忘却了格洛丽亚曾经的模样。当他因照顾格洛丽亚而生病，妻子的关爱则为他开启救赎之路。他如同一个等待退烧的病人，何时康复要听天由命。

格洛丽亚穿着银色的凉鞋，从市场穿过巴莱藏广场时，感觉自己可能不会再被他人贪图。她在女街贩身边停下买了两支烟，只是为了享受独自一人的感觉。她不可避免地蜕变成一个女人，但是脑子还需要一些时间记住新的身份。在内心某处，她还留存着自己的那些久远事迹：有一次，她朝屠夫头上扔秤砣，因为认为自己买的一公斤羔羊肉缺斤少两。她在街坊邻里中以脾气暴躁、点火就着而闻名，尽管这样的传言很难和她韶华仍存的身姿联系在一起。还有一次，她用凉鞋鞋跟狠砸女儿，把脑瓜砸开了瓢。更不用提对茹斯蒂娜房间的突袭和对表姐妹牙齿的突发检查。她在房间里查找凌乱之处、偷来的零钱还有指甲油。在牙齿上寻觅蛀洞，令人莫名其妙。也许发生过一连串丢人现眼的事情，经历了他人一系列的含沙射影，她已经算不上一个女人。

夫妻入睡前，应她的要求，他用藏在卧室梳妆台上锁抽屉里的粉红色口红给她化妆。有时，她也会吃力地给他涂口红。他们在关上床头灯之前接吻，把口红蹭得满脸皆是，醒来时像两个结束马戏表演的小丑，脸上花里胡哨却不自知。

阿基里斯七岁时，当全家睡意正酣，夫妻俩躺在床上，格洛丽亚紧搂卡托拉的脖子，求他和自己再造一个儿子。他以为她在开玩笑，但后来意识到她是认真的。他不得已将她推开，因为她像只帽贝一样紧搂不放，乞求着，恳求着，哭到哽咽。"再生个儿子你会死的，妈妈。"卡托拉声色俱厉地回应，并把她那具失去理智的骨架推到床边。她知道他在理，但这是格洛丽亚的作为成年人的最后请求——她但求一死。那天晚上,她在涕泪中睡去,八小时后醒来时,灵魂已经变成老妇。丈夫安躺在她身旁,避免碰到她的身体,第一次如同一个落单男人般睡觉。

在熄灯的床上,夫妻二人就是一头怪兽。她的发丝覆盖着他的颧骨,他的双腿和她的纤细双腿交叉在一起。两人披着床单共同呼吸,仿佛因共用一颗心而充满活力。在黑暗中,他们吸入相同的空气,她在他打呼的间歇磨牙。他的鼾声不断增强,在抵达高潮爆发后,归于平静的呼气。夫妻的韵律在平静中短暂交会,随即又同管弦乐队的两个乐部一样各奔东西。

最后一次去海滩时,格洛丽亚穿着蓝色比基尼,已经怀有身孕。她还记得在罗安达岛上的这一天,但说记得并不确切。雾蒙蒙的午后什么都没有留下,殊不知那是她在海滩度过的最后一个下午。她已不记得皮肤被海水浸润的咸味,更不记得发丝滴水打湿脖颈是什么感觉。她摇晃脖子甩掉水珠,确信自己受人注目。把一个个最后一次认作我们的守护天使,简直是胡扯。

第四章

　　无论是出于羡慕还是表达支持，在二月的一个下午，整栋楼的住户都来到窗前为两位旅行者送别。卡托拉像是要奔赴战场，用一个悲伤的吻与妻子作别，用一个有力的拥抱向女儿和孙女告别。他倚着阿基里斯的肩膀，提起两个行李箱，迸出一声痛苦但决绝的"再见"。

　　尽管如废船坟场里的破铜烂铁，巴莱藏广场五号全楼像启程之船一般亮灯片刻，窗户也被变形百叶窗中透漏的光照亮。缠着发卷的丰满女孩做作地不停挥手。动身启程的寥落船员去搭乘机场大巴，把船影留在身后，映衬着降临的夜幕。夜色如梦一般阴森可怖。

　　卡托拉挽着儿子走在街上，没有哭泣的冲动。和任何一个面对必竟之事的普通人一样，胸中满是焦虑，挥之不去。他暧昧不清的表情简直像是转过街角便准备赴死。

　　格洛丽亚没有下楼和丈夫作别。邻居们已经在夜幕中散开，重返各自的生活。她朝着丈夫的方向道出一声"再见"，成了罗安达最后一个与他话别的人。晚饭后，茹斯蒂娜抬尸一般把她安放在床，安置好双腿，随后打开风扇，关灯走出房间。飞机业已起飞，格洛丽亚躺在蚊帐中，闭起双眼，拉紧睡衣衣襟大声道出："爸爸，明天见。"她不许自己掉一滴眼泪，但也预感到自己将和丈夫不复相见。

阿基里斯从未乘过飞机，也从未见过这么多像飞往里斯本飞机上的空姐一般仪容精致的白人女子。他左脚踵发麻，看到父亲已经像条潮虫般蜷缩睡着，并非由父亲照料、而是得自我照顾的画面在脑中萌生，他不禁感到恐惧。自己一生都在等待启程，但是当下看来启程发生得太快，父子俩来不及把一切考虑周到。谁来接机？他们在哪里过夜？在那一刻他所清楚的是：二人不是去葡萄牙旅行，而是去永久定居，永不复还。

飞越撒哈拉沙漠时，他看到父亲含胸垂头，第一次看起来像个老人，脚踵麻木感随即加重。如果连直立行走都做不到，对里斯本又知之甚少，自己还能把这个男人怎么办呢？对于里斯本的全部了解就仅限于父亲讲的故事。在这些历险里，想象中的罗西奥广场归入一条疑问之河[①]，又攀上七座谜样山丘[②]，一座全然疑惑的城堡审视着山丘[③]。"爸爸，葡萄牙到底是什么样？"他无法独自承受一场闷热、嘈杂、昏暗的噩梦，叫醒父亲问道。父亲睁开双眼，一脸快意，示意他肃静，并慈祥地抚摸他的头发安慰道："喂，小阿基里斯，你没见过沙漠吧？你的同胞们顶多只坐过祖国号邮轮，你为什么不好好享受这趟洲际飞行

[①] 此处指特茹河。特茹河是伊比利亚半岛最长的河流，发源于西班牙，最终在葡萄牙里斯本汇入大西洋。在西班牙被称作塔霍河。
[②] 里斯本坐落于特茹河入海口北岸的七座山丘上，因此有"七丘城"的美称。
[③] 此处指圣乔治城堡，坐落于里斯本的山丘上，是城中的最高点，可以在城堡里俯瞰城市景观和特茹河。

呢？赶快欣赏美景吧。"

儿子看着窗外连绵的沙丘和一望无际的平原。飞机似乎燃料耗尽，悬停在光以太之中。男孩紧张地挠着左腿，默默盼望氤氲的画面变得清晰。此时，空姐们顶着麻利扎好的发髻来来往往，用染着红色指甲的手拂过椅背，不停数着飞机上有多少位乘客。阿基里斯如鲠在喉，但转过身来，发现卡托拉已经再次打起鼾，嘴角上扬，傻乎乎地微笑着。

在机场迎接他们的不是任何人，而是葡萄牙。卡托拉在里斯本有一两个曾有过交集的熟人，其中一位是巴尔博扎·达库尼亚医生。这位来自科英布拉的产科医生，二十年前曾在莫萨梅德斯和卡托拉共事，他向大使馆为父子俩在科维良旅馆申请到一个房间。科维良旅馆地处阿尔沃尔①矫形医院外，那就是一个月后阿基里斯将要开始脚踵治疗的地方。

父子俩坐在出租车里，带着孩子般好奇的目光初识里斯本。在他们看来，它又小又暗。天正下着蒙蒙细雨，阿基里斯把鼻子贴在后座窗户上，用手指在水雾弥漫的玻璃上画出一颗心。

*

科维良旅馆前台散发着霉味，一位戴眼镜的女士带领父

---

① 原文为"alvor"，意为"晨曦"。

子俩爬上破败的旋转楼梯,走进111室。锈迹斑斑的美式窗朝向一堵墙和一个垃圾桶。视野不佳,但至少他们还活着。

入夜灯熄,卡托拉感谢上帝保佑他们俩在旅途中幸存,唱起年轻的格洛丽亚打开家里百叶窗时习惯唱的赞美诗。那个家位于莫萨梅德斯城南,茹斯蒂娜在那里出生。"感谢上帝,哈利路亚/感谢上帝,哈利路亚。"歌声飘出房间,在黑暗的走廊里回荡,飘下楼梯朝门厅而去。音符飘到街上,如一个个小分子般在湿气中消散。

卡托拉向父亲祷告。父亲这位昔日的王子,轮廓业已模糊,身影仅留存在记忆的视网膜上。他是一片遥远平原的领主,但已无法确认自己曾经是否踏足,因为他已不再记得自己曾经当过孩子。但除却遗忘的记忆,父亲还能是什么?他根本无法确认(却因此而高兴)自己是否曾经当过孩子。

父亲用手抚摸着脸。皮肤摸起来像是一片贫瘠的土地,高低起伏,凹凸不平,还有湿润的河流。他不心存内疚,也不感觉自己有衰弱的迹象,甚至不为阿基里斯的脚踵而抱憾。

父亲被窗外的一盏小灯照亮,因害怕走出房间而苦恼自扰一整天(他和去过街角咖啡馆探路的儿子说自己头疼)。他感觉到陌生的城市重负在肩,窗外的那堵墙就是城市紧闭的大门。乏味的日常生活尚未剥夺他的幻想。他还活着,雨滴落在门框。阿基里斯蒙着头睡在床边的垫子上,患病的脚踵露在外面。父亲从椅子上探身,盖上他冰凉的脚趾。

第五章

父子二人对着彼此耳语。在一次沉闷的漫步中，他们因没有异味的街道而意乱神迷。儿子觉得抵达里斯本后，父亲似乎更矮了，他身穿的衬衫上一次熨烫还是在罗安达。儿子担忧地看着父亲，好像是害怕一位国王被谋反打垮投降。卡托拉在罗安达时仪表散发的尊贵感如今被混乱所取代，他睁大双眼，仿佛害怕撞到东西。他到达里斯本为时过晚，已经无法驯服这座城市。他在脑中以罗安达为底本，将里斯本拓写：圣家堂①对应热罗尼莫斯修道院②，罗安达岛③对应卡西利亚斯④，普伦达区⑤对应老神甫教区⑥。

在卡托拉心中，两座城市地图相同。他没有任何参照物，随意漫行。这座瘦骨嶙峋的新城市没有明确的街道划分，让他头昏目眩。即便知道自己没有迷路，他也感觉到双腿打颤，平衡尽失。他知道从大坎坡区如何去往光复者广场，多年来他一直将这条路线想象为凯旋行进之路。然

---

① 罗安达圣家堂，建于葡萄牙殖民时期的天主教堂，于 1964 年落成开放。
② 位于里斯本贝伦区的修道院，是一座曼努埃尔式建筑，1983 年与附近的贝伦塔一同被联合国教科文组织列为世界文化遗产。
③ 罗安达市向大西洋延伸出约七公里的海湾，由沉积而成的沙带组成。
④ 位于特茹河南岸的教区，和里斯本城隔河相望。
⑤ 罗安达市的街区。
⑥ 里斯本大区洛雷斯市的教区。

而，在里斯本着陆后，他发现城市并不如他所料。一切地点都相距甚远，城市也不像昔日的明信片描画得那般宏伟壮观。

父子俩走下金街，又爬上银街，忍住没买一打烤栗子吃。卡托拉边走边教阿基里斯动词变位，让他跟读："跟我读，儿子：我—去，你—去，他—去。你—？去。知道了吧？搭配：到、面对、后、直到①……前进吧，年轻人！"但阿基里斯怀疑父亲是否知道身在何处。他走在儿子身边，假装掌握葡萄牙语这门外语。阿基里斯能感觉到父亲的迷茫，于是渐渐向他伸出手，如同刚开始和女友出外散步的男孩一样，轻触父亲的指尖。卡托拉甩开儿子的手指，拒绝牵手。他冷冰冰地中止交谈，却又渐渐屈服，用全力握住阿基里斯的手。儿子感觉到卡托拉的汗水，还有紧张导致的轻微颤抖。父亲认为牵着一个跛脚孩子的手，两人似乎都变得更加孱弱。国王牵着一个孩子一起走，有失威严。孩子牵着国王的手，感觉自己篡夺权位，备受瞩目。细雨落下，而他们没有雨伞。卡托拉起外套衣领，迸出一声低沉的"哈利路亚"。没人知道他自言自语是和上帝对话，还是在对阿基里斯说话。

这是他们在里斯本第一次淋雨。雨是冷的，不像罗安达的雨那样温热。"我们在遮阳篷下避一避吧，爸爸，"阿基里斯向他建议，"我的裤子湿了。"但父亲继续前行，与

---

① 这些是在葡语中可以和动词"去"搭配的介词，可能放在中文中这种搭配不通。

他拉开距离。他甩开儿子的手，淋雨走出两米，在地上画出一条看不见的对角线，他仿佛因淋雨而突然清醒过来。阿基里斯的靴子湿透了，袜子也淋得冰凉。"爸爸，怎么了？等等我。"前方的卡托拉等待儿子赶上来。风吹雨打，淋湿他们后背和头发。他们继续走，越走越慢。阿基里斯看着卡托拉，发现父亲的衣领在滴水。雨水本身并没有自我意志，但落下时却让阿基里斯感觉它前来将父子俩洗刷。他们渐渐被淋透，阿基里斯开始感到脚踵难以挪动，发觉自己一无所有。一个男孩尚无一段完整的人生，怎么能自觉已经失去一切呢？雨水欢迎他们来到里斯本，同时也将他们剥光。

他们继续走。雨声掩盖了街道的喧嚣。在自由大道上，光秃秃的树枝为他们遮雨。堵塞的管道喷出水柱，裹着泥在路边湍急而下。卡托拉犹豫了，好像要停下来，阿基里斯也随之停下脚步。雨势逐渐减弱，两人的衣服变得沉重，只有呼吸还保持着温热。云层间透出光线，他们稍微加快步伐。车声湮没风的沉吟。一场滂沱大雨终于停止，它的到来揭示城市是个未知数。从庞巴尔侯爵广场的环岛俯瞰，里斯本是座危险城市。阿基里斯在路边停下，用手擦拭父亲的额头，卡托拉推开他的手说："没关系，儿子。""我要为你把额头擦干啊，我的爸爸。"男孩微笑。父亲看起来像个少年——那是他的第二次青春，他仍然抱有可以重新开始的幻想。大雨没能阻止他投入里斯本的怀抱并因此受伤，反而赋予他讶异而天真的希望。然而没人教过阿基里斯如何应对一个从头再来的成年人，到底应该拿他怎么办。阿基里斯看着父亲的脸，卡托拉双眼中透露的天真使他惊诧。父亲仿佛倒退了几十年，现在比他还年轻。卡托拉的未来在一片无垠中再度展开，阿基里斯却在其中无处容身。面前的这个人简直不是一个老人，不是飞机上老态初现的那个人，而是一个处于生命初期的少年——一个生病的老人脱胎换骨。阿基里斯拥抱父亲让他取暖，自己却不住害怕地颤抖。"哇，里斯本真冷啊，爸爸。"父亲全身湿透，内心却是温暖的。他干燥的嘴唇上浮现出一个天真的微笑，几乎可以从他的脸上看到曾经那个男孩的模样。阿基里斯知道自己是孤身一人。他是跛足，也是自己的拐杖。

第六章

阿基里斯初次手术不顺利,后续三次手术同样不理想。在螺钉、髓内骨钉和肌肉组织移植的协助下,脚踵成形,他慢慢蜕变成一个男人。身处童年和青春期的交界,他任一撮胡髭恣意生长。几年后把它剃掉时,尽管他仍然是个男孩,容貌已经像入窑烧制的半身泥塑发生了彻底变化。阿基里斯孩童时期的相识发现他五官归位的模样,可能会有些失望,但很快就会习惯他下颌新的几何形状——如今更尖,习惯他更宽的眉间距和因此显得更小的耳朵。不久之后,他就会在一枚楔钉的帮助下,如同摇晃的桌子被垫平一般获得平衡。

没有人能为他追回疗养的时间,也没有人能减轻左脚为他带来的不便。他对镜自鉴,觉得自己像一个遭人嫌弃的娃娃,一个被人拆卸以观察如何运行的木偶。拆装的人没有耐心或者才能,无法把他重装回原样。

探视时间结束后,他时常在医院里看窗外停泊的汽车。穿着大褂的护理员们来来往往,闲聊抽烟。这种场景让他自觉被囚于一具错误的身体,由于遭受令他蒙羞的刑罚只能望到世界一隅。

身体恶化加重了阿基里斯对父亲的依赖,但是连这个男人——一个发誓效忠帝国却被它抛弃的"正宗"葡萄牙人——都无法想象自己仅凭一己之力，就能在里斯本存活。某个叫作巴尔博扎·达库尼亚的人可以照应父亲，但是自从抵达里斯本，双方只见过一面。

巴尔博扎·达库尼亚是产科医生，修习这一医学专业赋予其能力为莫萨梅德斯的各村居民解决各种问题，无论是分娩还是扁平足。这个金发男孩进入莫萨梅德斯的省医院工作时，刚与一位来自圣佩德罗·德莫尔的美女完婚，一年后为他诞下一子。巴尔博扎和卡托拉一样出生于20世纪20年代初。尽管这个祖籍米尼奥①的金发男孩在科英布拉这座古都长大，然而当时他已经散发出浪漫主义者的气息。淡绿色眼睛四周发紫的眼眶映衬着散发油光的蓬乱头发。不上班的时候，他就围一条黑丝巾。从背后看起来，丝巾就像被一阵波罗的海的风吹拂着。

卡托拉尚未毕业，就被派到急诊处做巴尔博扎的助理。他负责接听电话、消毒手术用具、注射疫苗，遵照产科医生下颌或被半透明皮肤衬得发白的眉毛指挥示意而行事。卡托拉毕业后，二人搭档固定下来。卡托拉负责将手术室的一切准备就绪，在手术期间给予协助，还要足智多谋，解决无数的繁杂难题。他就类似于私人秘书，为这位与自己同龄的医生打理事务。

卡托拉养成的一些习惯是受巴尔博扎·达库尼亚的耳濡目染，尽管时间流逝也难以改变：每日空腹将两瓣柠檬抵着上颚口含，以摄入定量维生素C；吸食成包的黑烟叶，

---

① 葡萄牙北部曾经的一个省，由如今的布拉加大区和维亚纳堡大区组成。

连卷烟卷也是巴尔博扎所教；还有纵享咖啡之乐，在那以前他从未体会过这种快乐。

然而，两人最渴望灵魂契合、达到音乐般和谐状态的场所不是探望病人的棚屋病房和食堂，而是穿过一扇镶有两个凹形玻璃眼、只能由内开木门走进的手术室。

"卡托拉医生，产钳。"年轻的医生从产妇张开的双腿间抬起下颌对他说，同时伸出白皙的右手，五指如刀锋般笔直。"是，医生。"卡托拉立刻回应，工具已在桃花心木色的指尖递出。在优雅的檀木黑和修士服的象牙白结合中，孩子从钢琴黑白键的双色舞蹈里诞生。"卡托拉医生，剪刀。""是，医生。""卡托拉医生，一块纱布。""是，医生。""卡托拉医生，生的是男孩！""是啊，医生，真是男孩啊！"

两人搭档满一年半，巴尔博扎·达库尼亚邀请德索萨夫妇在下周六到位于城里优质地段的家中喝酒，吃蛋黄酱拌龙虾。值得一提的是：助产士在赴宴前夕没有合眼，在窗前伴着缝纫机的声音抽了九支烟。格洛丽亚在缝纫机前，把将在宴会上首穿的洋红色套装短裙赶制完毕。

*

无论是困意还是疲惫，都没有给卡托拉·德索萨人生中第一次完美的家宴留下污点。孩子们驾着马头木杆嬉闹，妇女们品评着针织图案。在门廊下，男人们抽着烟，喝着加热的白兰地。助产士渐渐不再羞于被医生发觉自己模仿其举止。发现被他人模仿，医生竟还沾沾自喜，乐在其中。从街道上看，这一幕的编排沉默而懒散，既美丽又悲惨，既喜庆又悲哀。从两扇高高窗户的亚麻窗帘中透出四个成年人的影子，犹如四位死者的身影在一个油画框里跳舞，忽略了时间，僭越了空间，甜美的过错因意外被救赎的空间。

卡托拉和巴尔博扎的交谈从来不像学校里老师给学生上课。他们坐在两把柳条椅上，靠着商业互捧维持谈话：助产士密切关注产科医生的行为举止；产科医生享受被人聆听，乐在其中。他因此把口哨吹得更加响亮调皮，对用来逗笑朋友的科英布拉笑话添油加醋，夸大其词描述着斗篷的长度、流苏的五颜六色和胡髭弯出的拱形。卡托拉羞涩地啜饮下巴尔博扎·达库尼亚对其讲述的一切。消化酒温热了胸膛，使卡托拉振作精神。他不时战战兢兢抛出一个笑话，或者紧张地吞咽口水。他从来没有如此自在。到了深夜，在烟雾笼罩下，钢琴黑键追赶着白键，奏出一曲受虐的快板：踌躇，站稳，跳跃，滑倒，然后重新开始，循环往复。

*

第一次家宴之后，剖腹产手术、玩凯纳斯特纸牌游戏的午后、试穿连衣裙、责备的目光、醋栗汁加橙片和冰块，还有牙签串糖浆渍樱桃陆续出现。

有一次，在拯救一对早产的双胞胎之后，人们为当时业已发福、开着一辆顶级福特轿车的巴尔博扎·达库尼亚医生竖起一座祭坛。在一块岩石上，在一张印有医生和省长合影皱巴巴的报纸四周，人们点燃蜡烛，摆上羊腿、肉干和棕榈叶。男人和女人顶着日光，从远方渡河前来供奉许愿。他们在医生家门口留下一罐罐猴面包树果汁、芒果、鱼、黏土和蜡烛，这种行为惹怒了女主人。供品装点着大门，却令她反感。

"我尊敬的巴尔博扎·达库尼亚医生，天哪，能与您共进午餐，我们不胜荣幸。"父子如同两个假扮医生的笨蛋，穿着袖子过短的外套，和巴尔博扎·达库尼亚在餐馆门口相见。医生穿着一件深灰色的大衣出现在卡托拉面前。卡托拉自惭形秽，"若您允许"和"听您吩咐，先生"两句话来回说个不停。在儿子看来，父亲是个无耻之徒，愚蠢得像个被卖的失忆者。医生现在留着一撮翘起的胡髭，挺着个大肚子。他如同餐馆老板一样接待父子，给人一种强装作常客的感觉。卡托拉坐在桌边，挺起胸口，不让自己泄气，不至于萎缩到桌底。在他们周围，穿着制服、被巴尔博扎·达库尼亚装作天天与其见面的服务员似乎并不知道他到底是谁。"这样吧，克鲁斯大厨，鳕鱼配杂烩[①]，再给我的朋友卡托拉来一瓶杜奥区[②]红酒。是不

[①] 葡萄牙一道特色鳕鱼菜式，由煮鳕鱼配上煮土豆、胡萝卜、甘蓝菜、鹰嘴豆和煮鸡蛋组成。
[②] 位于葡萄牙中北部的葡萄酒产区。

是，我的朋友?""是，医生。""日程排得很满，你知道的。""是的，菲利帕小姐告诉我你们给诊所打过电话，但是你知道的，我有孙子孙女了。你知道的，儿媳的事，女婿的事，林林总总。""磺胺药？当然可以，我的朋友。我一定给你开药，你今天就能拿到。我们一定得去米拉·德艾尔镇的山洞看看，甚至打几只野兔。你的小儿子到了闻闻子弹味的年龄了。是吧，阿基里斯？男孩子嘛，只有彬彬有礼可不行！"那天是11月19日（格洛丽亚和卡托拉的结婚纪念日）。用过午餐，巴尔博扎付过账，父子与其道别。他们走进地铁，如同两个在高峰时段迷途的幽灵。

第七章

一切从蛋清奶糕①开始。她喜欢看着丈夫吃蛋清奶糕，看着云状的蛋清在他口中融化，看着他握着勺子的大手。她只为他一个人做蛋清奶糕。把一坨坨蛋清浆浸入热牛奶的时候，她就开始提前享受快意。卡托拉下午五点才从医院下班到家，但她希望家中散发着肉桂的味道，那是他最喜欢的香味。蛋清奶糕食谱来自巴尔博扎·达库尼亚夫人，格洛丽亚为这张散发着香味的小纸条感到自豪。对方在一个括号里注明："搭配蛋清奶糕吃的甜心软蛋②可以用少许热焦糖代替。"

她不想吃任何餐后甜点，她的餐后甜点就是看着卡托拉对着蛋清奶糕大快朵颐，指尖粘着蛋清奶糕，鼻子也粘上了甜心软蛋，然后她再试着用舌尖舔掉他鼻子上的甜点。

他用手指蘸上奶油，在她的额头画上一个圆点，说她像个印度女人。"你的舌头伸不到那儿，你这个小笨笨。"或者在她的脸颊上涂涂抹抹，"对吧，我的小雏？"

---

① 葡萄牙特色甜点，将蛋清搅成浆，与加入肉桂和柠檬皮的牛奶混合并煮成糕状，再浇上煮过的奶油和蛋黄混合液制成。
② 葡萄牙阿威罗市的特色甜点，在贝壳形的外皮填入蛋黄混合白糖煮成的馅料制成。

格洛丽亚在巴尔博扎·达库尼亚家中初次品尝到蛋清奶糕。它们被摆放在盘中，用茶点推车推着上桌。格洛丽亚从未见过这样的阵势，有些不知所措。推车和摆盘过于完美，不像是出自厨师之手。

丈夫吃过蛋清奶糕，喝过咖啡，格洛丽亚会从他的公务包中将烟取来，坐在一旁看着他抽烟，而不敢向他索要一支。她看着丈夫吞云吐雾，想象着自己和他一起抽烟。

如果天气很热，丈夫会在上桌之前脱掉衬衫，上身赤裸着吃晚饭。在新婚的几个月里，在表姐妹从卡宾达①到来之前，格洛丽亚爱着丈夫的风华正茂，如同女孩喜爱一件刚从盒中拿出的连衣裙。他手臂细长，非常精致的双手手指颀长。他胸口长着一片优美的胸毛，在每天晚上被她捋顺，细数有多少根。她幻想两人没有过去，只有未来。几个月后，格洛丽亚怀上了茹斯蒂娜。她再也没有做过蛋清奶糕，那张巴尔博扎·达库尼亚夫人写有食谱的小纸条被遗忘在一个珠宝盒里，再也无法打开。格洛丽亚初次见到的茶点推车被遗留在科英布拉的一座露台上变形生锈，成为摆放天竺葵花盆的支架。卡托拉的胸毛失去了活力，褪色变白。而格洛丽亚最终就像关在珠宝盒里的舞者一样，将自己深锁于房间内，在空中跳着聚合舞步，永不停歇。

---

① 安哥拉的一个省，介于刚果（布）和刚果（金）两国之间，是被刚果（金）与安哥拉本土分隔的一块飞地。

第八章

格洛丽亚，我的爱人：

今天，我要被阿基里斯气得折寿了。他整天一句话不说，也没有耐心看我买的漫画书。他说自己这辈子完了，坚称自己会英年早逝。我知道这都会过去，但我感觉他需要妈妈，我实在是拿他没办法。

看看茹斯蒂娜是否能写信劝劝他，让他那顽固的脑袋清醒过来吧。居留许可要两个月后才能拿到。我去咨询了一所职业学校，他得等到九月份才能入学。在这期间，咱们的儿子要干什么呢？只有上帝才知道。

请为我祈祷，求上帝给我指条明路吧，妈妈。

你的
卡托拉

第九章

阿基里斯躺在病房里，想起从飞机窗口遥望撒哈拉沙漠的山脉，竟毛骨悚然。记忆中连绵的山脉就像一串蚂蚁，他还记得它们起起伏伏到底有多少座。他的后背发麻，脚发痛，全身没有一处舒服的地方。在他的脚踵里，肌腱和异物抢占着空间。金属螺钉与肌肉融为一体，压迫神经，如同一支投降的舰队无奈适应着。细胞组织吞噬楔钉，发炎抵抗，最终接受了外来入侵。男孩躺在病床逐渐康复，卡托拉蜷缩在床边的椅子上，曾经那位助产士逐渐从体内脱离，他竟然一丁点儿解剖学知识都想不起来。那时他的内心是一个女人还是一件外套都毫无差别。

要走到儿子的床边，父亲会经过一个用尽的氧气瓶——空空如也，毫无用处；或者穿过病房走廊，趔趔趄趄踮起脚，带着一副不在乎他人的表情透过塑料窗帘窥看。他想向男孩传递希望，告诉他新的一天即将到来。为了让儿子不至于那么孤单，卡托拉还为他买了一个笔记本和一支自动铅笔。他数着零钱，为儿子买来米糕和肉扒包。他起初还沉溺于乐观之中，不住夸赞护理员的大褂和医生的得体举止——医生在傍晚来病房了解儿子的治疗情况。医疗用品供应充沛，几乎打消了他对于医院物架空空荡荡的印象。但是他很快就对医务人员感到失望。每次试着打探医疗事宜，他们都不拿他当回事。

阿基里斯伸腿躺在病床上，逐渐褪去了稚气。他在笔记本里写满各种计划，都没有把卡托拉打算在其中。他梦想着从事林业工作或者石油开采，请父亲弄到农学还有法律讲义。父子俩变成了病人和探视者，角色扮演渐入佳境，彼此间却日益疏远。除了足球和小雨，他们甚至没有什么可聊。阿基里斯替父亲感到羞愧——他被里斯本变得沉默寡言，郁郁寡欢。阿基里斯像一个懂行的工程师，和父亲谈论着探钻和大坝，以掩饰自己不懂卡托拉目光中的沉默。一段时间过后，父亲就忘记自己曾经是助产士，不愿待在医院里，连爬上大厅楼梯都让他胃里翻江倒海。

蓝色的天窗将入口处的大理石染上一层病恹恹的光晕。卡托拉恐惧地爬上台阶，精疲力竭。蓝色是不可琢磨的颜色，是懦弱的颜色。他躲进厕所，恶心地将回忆逐一呕出。

他弓着腰站在盥洗池前，喉咙像是卡着巨物。他把手指伸进喉咙，但是吐出的只有口水。

阿基里斯的父亲想将罗安达呕出，但他还做不到；他想摆脱自己的第一段人生，但它却和他短兵相接，正面对峙；他想进入下一个阶段，但自己仍然还是那个男人。

在凌晨时分，阿基里斯仰望着天花板，想象自己俯瞰着世界。从上方俯瞰，病房里的六边形大灯就像一张会议桌。他哼唱着歌谣，嘀嘀咕咕咒骂命运。病房保护着他，将噪声、窗外的车水马龙和父亲隔挡在外——他知道父亲对于未来什么都没有预留。

几乎是出于同情,他把剩汤、两勺寡淡的填馅烤薯蓉,或者是晚餐奇形怪状、冰冷、尚未熟透的苹果留给卡托拉吃。

第十章

　　儿子从未目睹父母像新婚时那样，在夕阳西沉时跳舞。他再未靠在扶手椅上，笃信着没有比格洛丽亚更美丽的女人。她和她那两条飘逸的辫子就是美丽本身，但是他无需为此做证。母亲将儿子在里斯本的路途记录在案：最初的印象记在记事本里，剩余全部见闻感触未见任何记录（它们去哪儿了？）：从一个个凹陷的屁股到天气变化；从病房里的病人和被蹂躏的草稿到对伙食不佳的逐渐麻木，再到新结识的朋友对阿基里斯居高临下地表露厌恶。

　　儿子通过母亲的双眼观看里斯本，替远方的她凝望从未见过的事物。她待在房间里，躺在床上，但还是栖身在儿子的双眼里来到了里斯本。她平静地睡在那里，记录，书写，表达意见，怨天尤人，又毫无怨言，在床上翻来覆去或是伸着懒腰。

　　她对护士不屑，鄙视病房床单上的褶皱。她监督卡托拉头发是否整齐，裤脚挽起的长度是否合适，见他日渐邋遢心生怜悯，并在远方责备着他。她栖身在阿基里斯的双眼中，记录着父子说过的话、他们的鼻子、胡须、指甲的长短和污垢、炖鳕鱼的味道、橄榄油的酸度，甚至是阿基里斯最初偷偷抽烟时的喉咙发痒。她在幕后记录着一切，这么近又那么远。

阿基里斯继承了她在这个世界上的位置，在另一个大陆的房间里疗养。

他没有因此变得女性化，但是日益成为一件复制品。他复制的不是格洛丽亚本人，而是她的习惯、她的指指点点、她浮夸的品味、她的癖好和她的固执。母子口吐同样的句子，隐藏着相同的暴躁，却佯装友好，在做出尝试前同样的惆怅，面对快乐同样的苦笑，掩饰着对于优美的舞蹈、大幅度的动作、阳光灿烂的日子和幸福的人所持同样的怀疑。母子一切都相同，只是他从未见过她明明高兴却不安地舞蹈，保持警惕，带着对他人的狐疑审视快乐，因为害怕快乐将她占据，把她吞没。愉悦过后，纵享快乐之后，晦暗的深渊随之到来，当时在莫萨梅德斯家里赤裸起舞的格洛丽亚双脚似乎这样说道。也许她的害怕情有可原。从来无人从深渊之底生还，讲述它是什么样子，她在空中挥舞着手臂，整个身体似乎这样说道。

但是阿基里斯无需目睹她怀抱卡托拉，紧拥对方，向前一步，向后两步，应着一首古老的梅伦格舞曲，牵着丈夫的手旋转。

她毫不费力地占据了阿基里斯的视野，躲在行李中，没有被父子二人发觉就来到了里斯本。也许因此，阿基里斯还在住院时，就感觉自己不再是安哥拉人。甫一踏足里斯本，这种从床上观望世界的不悦视野——因为无人倾听，无人救援而怒火中烧——就成为了他的国籍。他不自由。他是病人。残缺的脚踵是他的通行证，而他的视野则被母亲的双眼牢牢霸占。

第十一章

卡托拉内心一直希望儿女从事文秘工作，为阿基里斯成功报读了一个打字课程，让他非常自豪。第二次手术过后，男孩开始第一个理论模块的学习。通过来自福戈岛①的工头塔瓦雷斯介绍，父亲开始为工程承包商莫塔打日工。莫塔在大坎坡区接人，去索米特克斯公司的工地做建筑工人，在奥迪韦拉斯②的小河上修建一座高架桥。作为瓦工的下手，卡托拉负责打地基、碎砖、砌墙、运水桶、搬水泥袋，还有清扫工地地面。莫塔似乎不愿让卡托拉爬脚手架或者操作机器。他嘴角叼着烟，说卡托拉只有橱窗模特那么大的力气，还长着一双钢琴家的手。

卡托拉的双手不再如昔。他看着它们，仿佛它们属于他人。他说不出自己和谁交换过双手，也不记得移植在何时发生。触摸双手，他明白它们并不是一直和自己生活在一起，也没有被巴尔博扎·达库尼亚医生训练过如何使用产钳。它们不是最初触碰女儿的那双手，也不是为格洛丽亚洗头发的那双手。他不知道那副手掌经历了什么，也不知道它们可能触碰过谁。如果自己又瞎又聋又哑，谁又会在怎样的人生中使用过这双手呢？他不知道它们是否习惯

---

① 佛得角群岛的一个岛屿。
② 葡萄牙里斯本大区的一座城市。

于被清洗,是否习惯于挥手,是否被用来打人,是否曾经剧烈颤抖,又是否曾经治愈过什么人。它们是属于圣人还是怪兽。就他触摸的部分而言,它们很有可能杀过人。

在盛夏时节,一股腐臭从被污染的小河底部升腾而起,在整个工地扩散。这股腐臭刺痛他的双眼,把他带回罗安达,带回他曾经生活过的居民楼入口——一个他毫不思念的垃圾填埋场。卡托拉手握扫帚,心情好的时候就是个舞者。他像紧拥舞伴一样紧抱扫帚,沉浸在各种声音的大合奏中。周围的机器都在施工,建筑工人们日渐和所建的工程融为一体,也逐渐被它吞噬。工程磨砺他们的身体,将希望驱散。

抱着扫帚起舞的时候,卡托拉仿佛重回莫萨梅德斯。他做茹斯蒂娜的舞伴,让她踩着自己的步伐学习森巴舞。家中一片宁静,格洛丽亚穿着短裙不停旋转,在自己拉直的秀发上涂发蜡,用她的金色指甲握住叉子,把蛋清搅拌成浆。石头和水泥在搅拌机中转动,把卡托拉推回当下。他的思绪沉溺于一曲华尔兹,面露出恋爱中小丑的表情,令工友们不快,把他视作笨蛋。他们于是对他推推搡搡,用脚绊他,叫他"接生婆",说他心不在焉,假装在工作,实际上什么也不干。

抱着扫帚起舞的时候,卡托拉不承认自己的思念或者追悔。他满脑子都是远去的人生,还有断断续续的想法,这些都是孤独释放的氤氲。听到他人的辱骂——按理说,他的年龄足够做这些人的父亲了——他就诅咒对方必定会摔下脚手架,被小河里的鳄鱼吞噬。"要是蛮族入侵,这些家伙一定毫无防备。这帮混蛋。"他这样想，始终保持沉默，仅专注于比他人更加勤奋地完成指派的任务。他的双腿却沉重而麻木，没做任何回应。

有时候，如果他精疲力竭，就猛地抓起扫帚柄把它推开，如同把一个死人扔进壕沟，然后转身用双脚抹去在砾石上留下的痕迹。还有些时候，如果他又累又饿，就任扫帚拖着自己一直混到下班时间，跳进面包车，回到大坎坡区，之后直接上床睡觉来忘记一切。

粗暴的工作并没有阻止他人的真诚关心。如果卡托拉身负重物，踉踉跄跄不知所措，总会有小伙子上前帮忙，减轻他的负担。午餐时，许多人都把自己那份水果送给他吃。他们还会请他喝啤酒。"拿着，老兄！这是给你的，伙计！"他们到头来居然叫他爸爸。听到他用一种陌生语言自言自语，他们就把卡托拉想象成巫师，甚至央求他为其祈祷。

卡托拉每个月给格洛丽亚打一次电话。为了履行这个约定，他需要在每个月的第四个星期六去电话机房。在压在枕头下的手写清单中，他记录着她的需求，并一点一点将它们满足：一个指甲刀、一把镊子、一瓶眼药水，这些不受保质期限制的物品可能要过很久才得以邮寄，直到妻子对它们的渴望冷却，被其他需求取代，最终归于不闻不问。

他只带了一张妻子的照片。人像照片中的格洛丽亚还是个女孩，仿佛来自中南半岛，穿着英国刺绣领子的衣服，神态自若。他意识到自己逐渐忘记她的面庞，记忆中只剩下她在电话另一端的声音。随着健康状况的好转,她的声音每个月都比以前更有活力,却更加陌生。他对她说话,好像对方能通过电话看到他。为防万一,他在出门打电话之前,会剪掉指甲,刷洗外套。有时候,如果他囊中羞涩,就用一种颜色过时的黑鞋油染头发。他在地铁站楼梯上被一条围巾绊倒,摔破了头,在左眉处留下了一个箭形的疤痕。白内障征兆初显,他的视线因此模糊,右眼瞳孔发黄。他脱掉衣服,发现自己的脖颈肌肉分明。他能数清自己的肋骨,看清肱二头肌的轮廓。强健的躯体并没有把他变得更年轻,反而让他觉得自己是六旬老汉被塞进小伙子的身体内。

他置身于混乱的电话机房中,玻璃隔板的另一侧是带着三个孩子挤进隔间的塞内加尔父亲。卡托拉如同一个囚犯,和维系他生命的家人交谈。在电话的另一端,如果恰巧心情不错,格洛丽亚会询问他的穿着,是否喷了香水,有没有变瘦,还调皮地质疑他用阴沉的声音陆续给出的答案。他像一个百依百顺的男孩,用"是的,女士"回答一切。"衣领洗了吗?""是的,妈咪,我洗了。""不,你没洗,你可没洗。""指甲剪了吗?""是的,剪了,妈咪。""不,你没剪。爸爸,为什么要撒谎?"就这样一问一答过了七八分钟,直到两枚硬币花光。

他认识了一群人,常和他们一起靠在堂娜玛丽亚二世剧院的拱廊上,看着过路的女孩说长道短,讨论新闻,彼此问候一系列表亲和叔舅姨婶的健康状况。他还用谨慎的语句乐此不疲详细讲述自己编造出的亲戚走了多大的好运。每当一头飘逸秀发从身边经过，女人的香水味扑鼻而来，他就用手捂嘴，装作憋着喷嚏。"我对花粉过敏。"他打趣地插话，就好像有人问了什么，但是无人听他作何回答。

第十二章

我的爱人：

写这封信是想问问一切都还好吗。基隆博医生叫我开始写字了。手不如脑子那么快，必须得慢慢来。

咱们的儿子还好吗？想着你们俩身在医院，我就一直担心。

这里一切都好。茹斯蒂娜一直照顾我，我的女儿真是可怜。其他女孩也一切都好。她们真是太虚荣了。我想看看自己是否能逐渐开始在房间里稍微走动。昨天我找到了我的白手套。闻起来一股汗味。一切都是乱七八糟。我整个白天都待在房间里，什么都不做，只是祈祷。等到晚上我才去客厅，但除此之外也没有别的事可干了。

里斯本是否像人们说的那么漂亮？它肯定没有罗安达的灯火辉煌。我能想象所有那些衣着光鲜的女人。你可别犯浑啊，爸爸！听到了吗，我的爱人？

我现在可太瘦了，腿和胳膊都细溜溜的，应该都能套上婚纱了。脑袋倒还算清醒。

哦，我亲爱的，我多想见到你啊！想为你做晚饭，想要为你熨衬衫。还记得以前你每天下班回家是怎样吗？如今，有时候连别人敲门，我都以为是我的男人回来了。

不会等太久的，爸爸。我们很快就会团聚，就像海景电影院的电影里演的那样——幸福永伴。告诉阿基里斯我很想他。托伊诺·皮雷斯明晚动身去里斯本。他有你们的地址，会带去两条鲇鱼和一袋木薯粉。

爸爸，方便邮寄美极牌浓汤宝吗？做走地鸡米汤要用。

亲吻我的爱人
格洛丽亚

第十三章

市中心的漫步在最初几次过后失去了魅力。卡托拉和阿基里斯再也不记得这座城市在最初看来多么寂静。一开始，仿佛所有的人都被噤声，在一个村庄里徘徊。父子俩通过为数不多的几处时常路过的地点标示距离，但是距离远近都预估错误。即便如此，随着时间推移，两人也都得知了街道和广场的姓名。父子俩甫一失去幻想：里斯本在等待他们，在这里有人可以指望，可以对未来抱有期许，这座城市就变得喧嚣不已。用来支付日常开销的积蓄一旦花光，这些期望随即消散。从那时起，当阿基里斯的脚踵治疗开始，他们的任务就是浑浑噩噩熬到月底，盼望不要发生无从应对的突发事件。

里斯本太小了，无法满足卡托拉融入一切的愿望。他的双腿无法让自己健步如飞，成为一个隐形的箭头。但是他已经学会了在人群中低头走路。即便置身人群，也没有人记住他的容貌。遁形术仅要求他一语不发，尽量不要以兴奋的口吻道出"喂，你好啊，长官"而被人注视，避免长时间的交谈，以托辞躲避毫无必要的对话。他掌握了如幽魂一般穿过他人的魔法，甚至似乎是魔法先行将他选中。也许这是他的天真最后一次显形：他天真地以为可以掌控自己的伪装和步速，躲避擦身而过的路人留下的记忆。路人看似行色匆匆，但实际上并不着急抵达任何地方。他们只是卡托拉人生中的闯入者，和着城市的节奏，如潮水般拖着他起落。

卡托拉遇到一对爷孙、几个乞丐还有年轻的恋人。在马路对面，有人伸手叫出租车。还有人用墨镜将自己隐藏。再往前走，一个陌生人穿着过短的裤子。在卡托拉身后，有人在高声谈论一个住院的病人。穿过斑马线时，他看到一个女人似乎眼中噙着泪水。还有一个女人容光焕发，兴高采烈，如同要去赴一场约会。有人在窗边抽烟。一辆大巴满载学童，司机精神涣散，打着哈欠。卡托拉几乎要忘记自己的躯体，忘记自己还在行走。他被父亲——不为人知的白化病患者，他身在远方的遁形术教练——的手推着，沿着丰特斯·佩雷拉·德梅洛大街行走。

他嗅闻着，仿佛五感中只剩下嗅觉与事物和时间发生交汇。不是卡托拉选择尽量不被看到，而是盲目是这个城市的条件。拾街上行，沿街下行，经过庞巴尔侯爵广场，走过拉托广场，最后去往理工学校。他不太明白自己是如何一路走到那里。正准备闯红灯过马路的时候，一阵鸣笛声响起，他才意识到自己刚才醒着睡着了，一天才刚刚开始。

他遁形了。直到发觉自己在里斯本城西一家烟草店里上交乐透号码，时间已经过了六十年。他没有问自己一路到底走了多远。无人知道他走了这么远，走了这么久，他倍受打击。在所抵达的这座广场，他不过是人群中的一双皮鞋。周围的人群不会有兴趣知道他的名字。他只关心自己看起来是否健康，健康的面容是自己不被他人注视的保证——他害怕被抓进派出所,害怕被发现自己伪装的口音和自己的怪癖,害怕被视作形迹可疑,于是继续前行。

事实上,他已经老了。支撑着他的是知道自己每天都要从床上爬起来,什么也不过问。前胸贴后背的时候,还要去在意自己干了什么事,简直是太过苛刻。虽然他很少扪心自问,双腿依旧还是五十年前从金扎乌村①走到罗安达的双腿。他穿过罗西奥广场的双脚也依然是到过基纳希希广场、肿得不忍卒视的双脚。他的双手是为业已忘却、尚为男孩的自己解过渴的双手。他的脊柱是那个独自在公路上行走的孩子——走向一个疑问,不知公路终点在哪里——的变形脊柱。他的心脏是那个害怕忘记母亲的男孩化脓的麻雀心脏。男孩害怕将母亲忘记,在热带草原睡觉前像用手指计数一般,一次次重复母亲的名字。他的双眼是那双目见一切的双眼:新婚初夜格洛丽亚赤裸的玉体;茹斯蒂娜的第一个微笑;初见儿子时他的脚踵;还有自己在小河里玩耍,初次意识到对于孩子而言童年易逝时,父亲戴的高帽。

他依然如故——哈利路亚——但是要肿胀到无底洞那么大,萎缩成牙窟窿那么小,才成为一个男人。他跨越了生活的天平,走过急转弯,穿越朝向黑暗的水湾,还保持完整无缺。他必定是第一个感觉到支撑自己几十年的双腿开始乏力的人。他将是自己疼痛的唯一见证人,是自己年迈时的发声者,直到如同尚未学会说话时那样,再也无法

---

① 安哥拉扎伊尔省的一个村,也是一个公社。

自己说出哪里疼的那天。没有人能够阻止他背负着业已经历的一切，还有灵魂曾经面对的事物；也无人能阻拦他意识到自己已经战败——这个真相将他解放，而非将其压迫。这场战役最终无人可能获胜，除了最后一次记起他的人。他不是作为一场无意义战争的英雄被记起，也不是作为随意的一团血肉和灵魂，而是作为一个无人知晓也无人见过的人，一个本有可能但是没能成为男人的人。

第十四章

妈妈的所需品清单——1988年

—1月：体香剂（2个，下个月寄出）

—2月：血肠（？！）、阿司匹林

—3月：磺胺药、蓝白清洁皂、亚麻籽油（？）

—4月：1个新枕头、杜尔科拉克斯通便颗粒、1管雪花膏

—5月：1个指甲刀、1包雀巢麦片

—6月：1个润唇膏、2包卫生巾（已由托伊诺·皮雷斯带回）、剑麻绳（3米）

—7月：给内乌莎的笔记本（网格式）、1本语法书（最好是若奥·德巴罗斯编著的）、橡皮筋若干

—9月：1把梳子、发卷若干、体香剂（急需）、黄油（如有可能，寄2包）

—10月：指甲油（任何颜色皆可）、弹力袜、涂脚用的青霉素软膏（勿忘！）、吹风机（如有可能）

—12月：国王蛋糕

Desejos da mamã — ano 1988

- Janeiro: desodorizante (2 embalagens: segue no mês que vem).
- Fevereiro: chouriço de sangue (?), aspirina.
- Março: sulfamidas, sabão azul e branco, óleo de linhaça (?).
- Abril: uma almofada nova, Dulcolax (granulado), uma bisnaga de creme gordo.
- Maio: um corta-unhas, um pacote de Nestum.
- Junho: um batom de cieiro, dois pacotes de pensos higiénicos (seguir com o Toino Pires), corda de sisal (3 metros)
- Julho: cadernos para a michela (quadriculado), uma gramática (tentar João de Barros), elásticos
- Setembro: um pente, rolos para o cabelo, desodorizante (está a fazer falta), manteiga (dois pacotes) se der para passar).
- Outubro: verniz (serve qualquer cor), meia elástica, penicilina para o pé (NÃO ESQUECER), secador para o cabelo (se der)
- Dezembro: bolo rei, ganchos

第十五章

父子俩习惯了无视噩运的谕告,于是假装眼睛里没有长疣子,牙齿不痛,肚子不饿。这种无需通过学习而掌握的习惯如同瘟疫一般,在卡托拉和阿基里斯身上扎根。身体不再是他们关注的对象。出于脚踵宿疾的影响,父子很难保持心情愉快。他们知道必须万无一失,任何不小心都会让自己流落街头。最重要的是他们不能生病。为了预防得病,父亲吮吸柠檬瓣,还为儿子剥皮喂他吃,直到柠檬也同药品一样,成为一种奢侈。他们从不摒弃快乐,但却变得心存戒备。阿基里斯以前从不疑心重重,却逐渐对一切都躲躲闪闪。卡托拉以前从不是犬儒主义者,如今却像乐透上瘾者一样,满心盼望着仁慈堂降下奇迹。对于萍水相逢的人,是否能和他们成为朋友,任其走进自己的人生,父子俩都怀着保留把自我隐藏的念头,做好被欺骗和背叛的准备。抵达里斯本半年,所有的路途都把他们引领到阿尔沃尔医院的诊疗室,引往那里散发的酒精和石蜡浴气味,他们这才意识到:里斯本是一条不会通往任何地方的阶梯。

在科维良旅馆,卡托拉负债累累:欠 103 室的本托·达克鲁斯两千葡盾,欠 200 室的皮雷斯两盒阿司匹林,欠 109 室的多纳·埃尔维拉一万五千葡盾。卡托拉用自己的物品做抵押，诓骗着旅馆里病人们的积蓄。他常瞒着儿子向巴尔博扎·达库尼亚借钱，后者让他去诊所的前台取一两千葡盾，却从未出面接待他，在电话里也变得日渐冷淡。卡托拉向索米特克斯公司请求预付工资，但是到了月底，他剩下的钱也只够撑一个星期。他在工地附近赊账购物，但从某一时期开始，商家只允许他带走刚刚发烂的水果和前一天剩下的面包。

治疗给阿基里斯蒙上一副病貌，掩盖从医院的气味、悲伤的双眼和跛足的脚踵中萌发的青春。由于开刀手术，他的步伐比抵达里斯本时更加拖沓。

二人相互依赖，这在父子之间不常发生。阿基里斯扶着父亲佝偻的背走在街上，不知道到底谁才是老人。三年已过，父亲累得变了模样，任谁都会觉得他病了或者也是天生跛脚。

他们在科维良旅馆的房间散发着霉味、汗味和体香剂的味道，但是体香剂的香味被过期药物的酸臭所掩盖。房间里只有卡托拉打扫得一尘不染的小桌子没有异味，坐在桌边填写乐透号码的时候是他仅有的沉思时刻。地板上无处落脚，但即便如此，他们还是经常在房间接待熟人。客人坐在匆匆拉起的床单上，从未注意到从罗安达带来的行李和在里斯本购置的物品混在一起，乱作一团：日历、一件或另一件衣服、一个空葡萄酒瓶、一条贝伦人足球俱乐部围巾、一个收音机。在111室的布垫上，在父子俩的脸上，一个帝国仍旧完好无损。脏兮兮的夏装穿在破烂的冬衣里，在罗安达的圣保罗市场买的旧剃须刀片修剪着欧洲催长或染白的胡须。

  为了赚取零花,卡托拉向旅馆其他住客施惠,比如缝合伤口、拆石膏、拔牙、拔指甲或者做矫形按摩。马内尔·达吉内的儿子希基尼奥甚至被冷血地用剃须刀片割了包皮,手术后在床上躺了半个月。病人们用西红柿罐头、苹果、饼干和香肠作为报答,他把报偿食品中最好的部分都留给儿子。

  阿基里斯十八岁生日那天,卡托拉带他去光复者广场一家商场里新开的自助餐厅吃午饭。他们甚至都没有交谈。阿基里斯的眼睛闪着光,不知道该从何下手。这是他们第一次品尝鸡尾酒酱。在罗西奥广场的樱桃酒酒吧,卡托拉递给儿子一张五百葡盾的纸币。他无法掩饰自己的哽咽,像对观众讲话一样对儿子说:"今天起你就成人了,阿基里斯爸爸。在这片土地上,没人知道你是谁,所以你可以成为任何人。我生为卡托拉①,死也是卡托拉,但你不同,我的儿子——你不是戴着高帽出生的,你的名字是我取的。等这片阴霾散去,这座城市将会臣服在你脚下。"那天下午开始,卡托拉就如同甩去钻进衬衫的小蜘蛛一般,对待爱子不再事必躬亲。

  令他惊讶的是,这一切比自己预想中简单。他知道阿基里斯业已独立。发现自己的儿子是一个正直的男孩,身为他的父亲,卡托拉并没有像自己担心的那样心脏激动到爆炸。如今看到儿子转动钥匙,打开旅馆的房门,竟让他

---

① 原文为"Cartola",意为"高帽"。

觉得有点奇怪。儿子向他走来，亲吻他的额头，脚步震得窗户摇晃。他甚至被这个带着熟悉面孔、尚存孩子气的男人吓到了。阿基里斯就是独立之后生命犹存的证明。

在樱桃酒酒吧的那个下午，阿基里斯没有对父亲做出回应。他表现局促，如同为了庆祝特殊的日子，留存一瓶自己出生年份陈年老酒的收藏者。既然知道自己经过时，别人扭过脸不看他缠着绷带的脚是什么滋味，他应该要慎重地走路，以免打碎陈年老酒。也许天生跛脚是为了让他一步一个脚印，防止因分心摔落酒瓶，碎片四溅，割伤自己，血流不止。

对于生命为他带来敞开心扉的理想时机这一点，他不抱任何希望。他没有意识到生命有限，也不认为自己会在真正活过之前就早早逝去。

刚过十八岁的阿基里斯是两个世界之间的信使。他为年轻人带来了老者的秘密，这个秘密来自于与当下水土不服的父亲共度的一生；而对于老者，阿基里斯的幼稚举止和沉默羞愧则使他们回忆起业已遗忘的童年有何魔力。他跟跟跄跄，在两个世界轮转，双脚各踏一边，始终不允许自己失去理智。他被父亲拖累，而父亲也习惯了儿子阴郁的姿态、干巴巴的语气和他的寡言少语。

他鄙视聚集在旅馆门口、倚着街上的汽车喝酒听音乐过夜的一群又一群孩子。鄙视若非出于羡慕，那么就是出于恐惧失衡，恐惧自由。

他在晚上去学打字，课程读得很吃力。脚踵的疼痛让他难以集中精神。他还不适应授课内容，觉得自己穿着寒酸，引人注目。在决定自己不会以文秘工作维生的时候，他已经学会了盲打。

下课回旅馆的路上，他一脸不屑，向右歪斜，垂着胳膊前行，手指逐渐变凉。碎石路的石块阻碍着他前进。阿基里斯走得跌跌跄跄。他拉下帽檐，格洛丽亚房间的昏暗便掩盖了街道的明亮。透过一辆过路轿车排出的烟雾，他看到一台炉灶在昔日居住的大厦楼道里燃烧，粉尘颗粒在湿气中飞舞。他走得很慢，留出时间迎接如同一张巨网席卷而来的一切：消毒火酒、雾霭和蓝花楹。

他希望把自己锁在身处罗安达的母亲房间里，锁在那座闹鬼的古堡里。他虽然四脚着地，还在爬行，但已经是一个忠实的护卫，坐在地上玩用罐头盒做成的小车。他用指甲挠格洛丽亚的房门，获准进入房间，依偎在母亲双腿上看着她睡觉。她没有回应儿子想要提出的任何问题就已经睡着。

阿基里斯将梦想保存在从罗安达带来的黑色公文包里，把公文包藏在床垫下。他的愿望不少，甚至相信可以成为自己想要成为的任何人。然而囊中羞涩，他甚至不知道应该从何做起。他没有朋友，也不愿意对父亲推心置腹。他调整着自己与年龄不符的一本正经——这种严肃令人退避三舍，而他的羞涩又令人生疑。对他而言，罗安达已然成为一座海市蜃楼，而里斯本则是一座树木稀缺的城市。有时，他感觉一切都是一项计划的一部分，即将在碎石路上滑倒时，似乎有一只手将他扶住。他感觉手指将自己的胳膊紧紧握住，或是张开的手托着他的后背，手骨抵着他的骨头。他任由自己被无形的手引导，暂时不再是孤身一人。路途如同一条令人欣喜的必由之路显现面前，他奇迹般忘记了自己患病的脚踵。

然而根本没有那么一只手。阿基里斯收集着裸女的日历和小画片、色情照画报，还有贴纸画册。他把笔记本的一页页写满签名，不知疲倦地一遍遍练习，找寻着完美签名来签署支票。他似乎从未足够接近自己有朝一日想要成为的那个男人。他潦草地写着歌词，重录磁带，从垃圾里捡回唱片机零件、音响部件，还有故障的无线电录音机。他的青春期是傍晚拂过里斯本的一阵微风，只摇动了一片叶子。发觉自我的时候，他已经是一个男人，而且要将父亲背负在肩。人们谈论里斯本的灯火通明，但它并没有照亮阿基里斯。他饱受煎熬，却还心怀美梦，尚未开花就已在某一天枯萎。

那年平安夜，父子俩在科维良旅馆房间的窗边，望着阿尔沃尔医院的墙壁吃圣诞大餐。卡托拉从索米特克斯公司食堂带回两个煮鳕鱼头，又在街角咖啡馆买了两瓶汽水和一升啤酒。父子俩光着膀子，吹着清爽的夜风吃保温瓶里的鳕鱼头。大餐用毕，伊萨亚斯来敲门。他把《花花公子》杂志租给旅馆的住客，换取别人订购的腰果、几副墨镜、一条新皮带或者其他什么东西。"这是给你的，矮子！圣诞快乐。"这位色情画家兴奋地说着，递给阿基里斯一份旧杂志。男孩脸红了，但是害羞地接受了礼物。

"喂，我们现在开始行动吧！"卡托拉兴奋地说。他展开杂志中间页的海报,三个人目不转睛地盯着一张接线员的照片。接线员用铅笔拨动号码盘上的数字("卡托拉老兄,她在给你打电话呢!"),她隔着睡袍若隐若现的右乳头呈现鲑鱼色泽,和手中淡粉色的铅笔相得益彰,宛若指引东方三王①的圣诞之星。

---

① 《圣经》中的人物。据《圣经·马太福音》记载,耶稣出生时,有东方博士数人见天上出现奇星,即随星至伯利恒朝拜,并献黄金、乳香、没药三种礼物。后人根据故事中的献礼种数,推定为三人,故名。

第十六章

　　那天广播里播放了咱们那首歌。那首《深情相吻》勾起我的思念。喂，爸爸，我能听到。对，能听到我讲话吗？别忘了买青霉素和那种绑头发的小发夹，我得把这一绺扎眼睛的头发别住。罗安达很热。我成天待在床上，茹斯蒂娜把午饭送进房间来，我就在屋子里吃饭。可别忘了买青霉素，爸爸。我的脚有点肿了。不疼，不太疼，但变黑了。不臭，没有臭味。爸爸，说说你吧。阿基里斯呢？他没来？跟他说下个月来和我聊聊。他还上那个打字课吗？上一次通话是太久以前了。上个月你怎么没有来电话？你得按时打电话，爸爸，否则我会着急上火的。上个月我都失眠了，热得睡不着觉。记好了，青霉素，对，青霉素软膏，还有那些发夹。我去世的母亲把它们叫梳子。头发太长了。是的，茹斯蒂娜在屋里到处都能捡到头发。她就给我梳了条大辫子，就是以前你梳的那种。有一天我梦到你刮掉了八字胡，脸蛋干干净净……面相年年轻轻，但我不喜欢！我真的一点也不喜欢。别刮掉我的小胡子，爸爸，答应我。得由我亲自为你刮，等哪天我的手好了。口红……抽屉一直锁着，口红再也没用过。现在我们停电又停水，但是昨天中午来水了，我们就把浴缸装满。水还够今天洗澡的，我和女孩们都够洗了。别刮掉八字胡，爸爸,答应我。找个人把青霉素带回来。咱们楼里好像有人要去旅行,他们说有人要去。我去问问茹斯蒂娜。还有发夹也别忘了。方便的话去找找看,那个西班牙广场上应该有卖的。如果不能带过来,也没关系。找个小盒子帮我把它们留好就行。等我去葡萄牙的时候,就可以直接用了。待在这个没有男人的家里,有时会让我难过。女人被创造出来,不是为了让她远离自己的主心骨。上帝不喜欢这样,爸爸。不,他真的不喜欢。爸爸,女人应该待在她的男人身边,我去世的母亲时常这么说。愿主赐予平安。爸爸,代我向巴尔博扎·达库尼亚医生问好。里斯本是晴天吗?要掉线了,是吧?……真的要掉线了。亲吻你,亲吻阿基里斯。爸爸,还能听到吗?

第十七章

然而卡托拉已经无法把格洛丽亚的小肚子当作钢琴弹奏。格洛丽亚梦到丈夫只是出门散步,傍晚就会回来。她把自己锁在房间里,演绎着和丈夫的对话,回忆着二人关起门来约会的时光。她裸露玉体躺在床上,他数着她身上有多少疤,或者为她编一条长辫子。如今这条辫子从背部向下延伸。也许对于自己的幻想,她也是一知半解,正如她并不了解自己的身体。卡托拉比格洛丽亚更了解她的身体。她避免揽镜自照,镜子毕竟不能教她像丈夫那般了解自己。但是她的身体如同一座房子,每天都在变化。雀斑在后背浮现,如同木头变暗一般日渐深沉。她对此毫无意识,膝盖撞到了屋内的梳妆台,如同裂缝的墙一样破了皮。毛发在最奇怪的地方滋生,就如同灰尘在角落堆积。在她和她的身体之间隔着丈夫,他对她讲起她的身体,就像旅途归来为她讲述见闻一般。他讲起她的皮癣、痣和过敏泛红,就像在讲述一部航海日志,他是其中的英雄,而她是被征服的土地。"妈妈,你知道自己这里有个痣吗?"她不知道,但她相信他。她也不知道自己从背后看起来步态如何,不知道自己轻微的佝偻——据他所言——日渐加重。

卡托拉用发卷梳把妻子后颈的头发分成三绺:死亡、

温柔和冷漠,用发夹固定,涂抹加热的甜橄榄油,并用手掌抚摸。然后他用油乎乎的手指把三绺头发捋顺,像翻开花瓣一样将每一绺摊开,编成辫子。其中一绺稍短,也许是因为在缠绕时出了错,抑或是他的手指太粗太大。"该死!"他骂道。格洛丽亚开心地笑着。他的双臂发麻,怒火一触即发。如果他用手去摸眼睛,双眼就因接触橄榄油而发炎。她不知道他有着圣人般的耐心。她感觉自己像坐在旋转木马上。这项简单的任务吸吮着丈夫的血,为妻子每梳一次头发,他就更加接近死亡。

因此,卡托拉希望在里斯本挽回自己的生命。有时,加热的橄榄油味凭空再次出现,但他摇头将它忘却,因为这气味让他想起太平间。他觉得回到罗安达就像甘愿赴死,于是他明白为什么即便颠沛流离、提心吊胆,他也选择留在里斯本。他最不想做的事就是再度为妻子编辫子。如果不得不重操旧业,他会伤心至死。

而在远方,尽管孤身一人,格洛丽亚也感觉到丈夫的双手在为她梳头发。她思念他,就如思念一面会说话的镜子,就如思念生命,而他却将葡萄牙视为一种解脱。

第十八章

爸爸：

　　今天我发火了。我已经告诉过你：要往阿基里斯的脚上擦甜橄榄油，再滴几滴柠檬汁，这样他的脚就不会因为打石膏而变得太黑。咱们黑人必须注意自己的皮肤，我一直和家里的女孩们这么说。还要注意不要整天饿肚子。哪怕没有胃口，或者是其他随便什么情况，喝碗汤总可以吧。在汤里放些香肠，甚至放一点葡萄酒也行。趁热喝，总归能帮忙充饥，如果没有其他食物的话。爸爸，千万当心肺炎。将来我去葡萄牙可不是为了伺候你。来吧，现在看看我们的医生是否也要护士照料吧。爸爸，我不在你身边，要照顾好自己，保重身体。

　　这是我和你说过的所需品清单。方便的话去买好，然后找人带回来。
　　—薰衣草香皂
　　—眼药水
　　—磺胺粉

今天晚饭要吃面包配茶。尽管食物不多，上帝从未停止赐予。前进，是吧？咱们的朋友们常这么说。

幸福永伴。

格洛丽亚

第十九章

　　卡托拉戒了烟，学会克制自己，不去谈妻子还有产科学。塑造他的事物与和他打交道的人无关，他认为最好把这些事物隐藏起来，以免被人视为反动分子或者当作狂妄自大。当意识到自己讲起过去就会露出醉态，卡托拉在里斯本第一次哭泣，但没流下一滴眼泪。不管是好还是坏，他的自我审查都被阿基里斯看在眼里，尽管他看起来已然忘记自己和儿子来自何方。卡托拉羞愧难当，因为儿子目睹了昔日父亲的死亡，见证时间才过了不久，就只剩身处罗安达与之通电话的家人还记得曾经的卡托拉。

　　他和格洛丽亚的通话越来越少，因为缺钱，也因为无法忍受在电话中扮演一个仅存在于对方鲜活记忆中的角色，为此他不得不对她撒谎。"我们要走了，妈妈，别生气。脚踵会慢慢抬起来的，得有耐心。咱们家的小子得学会等待。说到我的外孙女，她已经会用虚拟式过去未完成时了吗？你可得仔细考考她，妈妈！"卡托拉还觉得如果阿基里斯不去寻找答案，自己就不能善罢甘休。然而随着时间的推移，他逐渐放弃了向儿子提问。

　　卡托拉穿着沾有尿渍的裤子和日益破旧的工地靴，昂首挺胸地走路，但是没有人知道他脑中在想什么，因为那颗脑袋不再属于他。他已然失去了对过去的掌控，对未来也不抱什么希望，尽管和他共同生活的男孩已经长出几撮胸毛，不再允许父亲看到自己赤身裸体。儿子洗完澡从公共浴室归来，他就会离开房间。在科维良旅馆门外等待儿子穿衣打理的间隙，他感到一种沉重的羞辱，心中却又混杂着自豪。卡托拉无法享受失去自我的解脱，因为没有一个爱他、尊重他的目击者目睹这一切。他感到幻灭，感觉自己浑身赤裸，在示众之前却无法逃离，即便如此——"上帝啊，我该怎么办？"——他依旧是卡托拉，一直以来的那个卡托拉。他一直戴着别人为其挑选的高帽行走在世，还以为命运能由自己掌控。他已经死亡，虽然还苟活于世，而阿基里斯则是一个新的开始。

他将申请葡萄牙国籍一事托付给巴尔博扎·达库尼亚，交给对方装有各种资料的文件夹自此杳无音信。他每年至少向阿基里斯许诺一次，坚称文件即将办妥："就要办好了，阿基里斯小子。帮我仔细检查单词拼写。拼写不对，这事就办不了！"他说话的时候没有目视儿子，如同带着开玩笑的语气谈论一位远房亲戚。他没有告诉任何人，自己并不知道流程进行到了哪一步。产科医生也鲜少提及这个问题，甚至只字不提。他在对警察和突击检查的恐惧中惶惶度日，打算遇到盘查的时候就装死。他似乎认为终有一天，会有人敲开他的门，告诉他一切都已办妥，他终于成为了葡萄牙人——这是他自认为拥有的权利。他不知道动词状形容词如何变形，也不知道"特茹"[①] 一词

[①] 指特茹河。

的词源吗？揽镜自照，他难道不觉得阿连特茹①以北是创造不出像阿尼巴尔·卡瓦科·席尔瓦②那样的喉结的吗？"非洲就更不要提了。"只要没有喝醉，他难道不是温顺又明事理吗？每周日给儿子擦皮鞋的时候，他不总是倍感折磨吗？他躲到普拉泽雷斯公墓，用刚果语唱着哀乐流连于家庭墓穴的时候，不是已经为自己选好了地方吗？听到葡萄牙国歌，或者背出《卢济塔尼亚人之歌》③的第一节，他没有感到毛骨悚然吗？他压抑自己的欲望，不是甚至到了忘记格洛丽亚的身体，却记住了蒙德古河④各条支流的地步吗？他不是佝偻又健硕，如同马戏团一景，吸引观众买票欣赏自己头顶板凳，背诵布拉干萨王朝⑤的诸位君主吗？怎么会没有一位西装革履的秘书在某天来敲门，向他问好并递上一张证明呢？怎么会没有一个乐团演奏着手风琴，敲着大鼓，吹着小号随秘书一同前来，对他这个新晋葡萄牙人表示祝贺呢？他骗儿子说要和产科医生去办事，于是坐上地铁，沉浸在悲伤的思绪中迷失于罗西奥广场。

阿基里斯还没有完成治疗，会诊就结束了，但这并不妨碍他抛开拐杖，开始跟跄学步。打字课程半途而废，于

---

① 葡萄牙中南部的地区，包含埃武拉、圣塔伦、波塔莱格雷、贝雅和塞图巴尔五个大区。
② 葡萄牙前总统，经济学家，出生于葡萄牙阿连特茹地区以南的阿尔加维大区。
③ 由公认最伟大的葡萄牙诗人卡蒙斯所创作的史诗，讲述了以瓦斯科·达·伽马为首的葡萄牙人勇敢远航，开辟通往印度新航线的故事。
④ 完全位于葡萄牙境内的河流中最大的一条，发源于葡萄牙北部的埃什特雷拉山脉（埃什特雷拉山俗称星星山），最终流入大西洋。
⑤ 17—20世纪统治葡萄牙的王朝。

是阿基里斯陪父亲去工地做工。住院五年时间，没有留下任何念想。父子俩离开了科维良旅馆的房间，没能结交任何朋友。友谊不会在停靠站等火车时建立，更不会在患病时培养——病人几乎自顾不暇。迫使父子俩搬家的最后一根稻草是顶楼的大火，米泽·达阿松桑和她九个月大的儿子在火灾中窒息而死。为了治疗婴儿右手的六指症，母子俩此前来接受会诊。

父子俩搬入的棚屋由索米特克斯公司一位职员的表姐出租，位于通往卡内萨斯①的天堂旧公路尽头的一座院子里。搬进新家，父亲用汽油和钢丝球擦手，仿佛擦洗过后就能找回昔日那双手。他擦干双手，脱下衬衫，坐在桌边，围上一条从未洗过的围嘴。厨娘们允许卡托拉把食堂的剩菜带回家：土豆和萝卜糊。他打开保温瓶，一股酸味在厨房里弥漫。卡托拉用叉子将煮熟的土豆块挤碎，打开一罐腌沙丁鱼罐头拌着土豆吃。他一勺勺吃着已经变凉的泥糊，什么都不想，泥糊、鱼刺和燃料的味道扑面而来。他起身走进房间。床垫是从垃圾堆捡来的，正中央的血斑仍然保留着对于前任主人的记忆。主人是一个怕黑的孩子，还是一个正在经期的女人？他解开腰间系裤子的细绳，将一件毛料外套铺在床垫中央当作床单。睡觉前，他仔细检查床上是否有跳蚤。枕头下和外套背面发现的跳蚤被他用指甲一一碾碎，还有一些跳蚤陆续跳出，随即不知去向。也有可能它们并不是跳蚤，而是看似有了生命的绒

---

① 位于里斯本市郊的一个教区。

球。他仰面竖卧，脊椎靠在床垫上，双手放在肚子上。睡着之前，他还想着跳蚤是否会钻进耳朵。如果邻居在做晚饭，他则会专心听着隔壁的声音，嗅闻传来的气味。嘴唇逐渐干燥，过往持续来袭：院子里的烤肉，新生儿的啼哭，他便得以忘却四周的嘈杂。一只蚊子在耳边嗡嗡作响，他用手背把它轰走，却蹭到了床头板的石漆。一股灼热感沿着双腿涌上，他感到一阵不适，应该是被叮了。他只能听到自己的呼吸，无法判断不间断的跳动是来自他的身体还是来自这些小生物。在他的腿毛里、头皮上和腹股沟间，这些虫豸宛若身处天堂。他梦见自己被它们啃食，一夜没怎么动弹。他被活埋，成为供跳蚤和蚊子享用的一袋鲜血，寄生虫世界中的栖身之所。

他把自我奉献，而虫豸可能会把他当作傻瓜，或者以为哪怕尖钉刺穿后背，他都毫无感觉。表面上的麻木既不是精神懒散，也不是内心无邪，而是一股造访忍耐至极致之人的能量。卡托拉可以是一切，唯独不是任人宰割的奴隶。

父子俩并没有掩饰饥饿和寒冷，而是和它们正面对峙，仿佛两股逆向的风在十字路口对决一般。六年已逝，不带任何惆怅。

第二十章

某个下午，卡托拉沿坎坡·德欧里克街区爬上坡，第一次走向普拉泽雷斯公墓。他有一种直觉：在黑色铁门的另一边，遗嘱检查员的严词厉色拿他无可奈何，遗产分配遣词造句中的模棱两可也与他无干。他凝视着一座座坟墓，为之一震，仿佛自己不是被石块包围，而是在他人的长裙和外套间穿梭。这些人在柏树下纳凉，在户外吃着简单的午餐。他透过大衣衣摆一般的栅栏门帘向内窥视，看一座座棺材如何摆放。他看到脏兮兮的绣花线和刺绣锦缎在开口的坟墓上悬垂下来。午后阳光透过彩色玻璃窗产生的斑斓变化，令他赞叹不已。一颗血淋淋带着刺的耶稣圣心，在一座白色棺材上幽幽发光，为他带来一片宁静——城市中其他地方都不曾唤起这样的宁静感。他认为自己漫步在里斯本最洁净的地方，在一个对各个角落都了如指掌的家中。

他喃喃自语，发现此处的光影斑驳是人类伟大的杰作。一篇篇墓志铭在他看来犹如诗行。风摇曳着柏树的树梢，它们像巨人的遮阳帽上的流苏般左右摇摆。他放慢脚步，认为有人尾随自己，因为幸福的人永远不会形单影只。

死亡对他而言是一天完美的终结。也许在普拉泽雷斯公墓里了结此生价格不菲,哪怕是葬在一块朴素而毫无修饰的石头下面。他盘算着要花多少钱,并下定决心为这个悲哀结局攒下积蓄。

他就像一只蜗牛,为购买新壳而规划盘算。他认为葬身于普拉泽雷斯公墓,自己就可以不受任何人侵扰,却没有想过任何袭击都无法威胁已故之人。如果在世的时候尚不能拥有任何目及之物,那么他的梦想就是死后成为这片土地其中一隅的主人。安葬土下,他可以希望作为最伟大杰作的微小部分而安然入睡。这最伟大的杰作自始至终都是葡萄牙,它遭受风吹雨淋,被这么多重要人物陪伴,受到一个花瓶的庇护。瓶中装满了优于世间万物的创造:白色的塑料玫瑰。(如何把那些永葆新鲜的创造给格洛丽亚寄去一枝?)

他甚至从地上捡起小石头,一块块装满口袋,就好像它们是圣地的遗骸。

如果一只流浪狗走近,嗅闻他的脚(总是长着鬃毛、长毛拉碴的那一只),随即失去兴味,或者像幽灵一般尾随他在坟墓之间游走,卡托拉就会朝它挥手问道:"谁是你的主人,狗子?你没人养吗?你是哪个国家来的,讨厌鬼?"

而狗则通过吠叫回应他的一串问题,只是这种语言他无法解读。

有时候,他坐在柏树旁的长椅上,感觉自己受到庇护,仿佛城市丛林、粗鲁的工头、儿子的青春期(在自己飞速衰老的间隙得以经历)、格洛丽亚未实现的希望,都无法拂逆在普拉泽雷斯公墓为他温热片隅的死者。见到他的人可能会想起一位终于得到主人怜悯的老家奴。蛮横的主人发现家奴双目失明、濒临死亡，终于决定开恩，放他到农场里拖着步伐随意走动，就好像他还有力气锯木头似的——实际上他的渴望已经无法危及任何人。

他不止一次考虑和儿子分享这个终极愿望，但因为是最后的愿望，他自认为不可告人。毕竟有些东西一旦渴求就不能分享，否则愿望就会消失：普拉泽雷斯公墓的一座坟墓、一顶新帽子、一条要寄给妻子的金手链、工作日里一个放假的下午。如果被人问道自己是谁，他可不敢冒险袒露内心深处的喜好。说出这些喜好，就基本等于招致他人的诧异，他不得不把这些喜好当作一件无形的宝藏深锁心中。如果说他还幻想自己会在什么条件下死去，那么这些条件他也不能告诉别人，而要带进坟墓去。他渴望的结局是终生的陪伴。这不是一种安慰，也不是一个受挫的愿望，而更像是他孤独的沉淀物，自己是孤独唯一的演绎者。他渴望的结局更像一个理智的承诺。若非如此，生命就只剩下微小的快乐和切实的担忧，貌似是一种愚蠢的存在。

他们所有人（他用铅笔在日程本上写下他们的名字）——"奥利韦拉·德皮尼奥，卒于四十七岁；加尔塞斯·达克鲁斯，卒于二十二岁；弗朗西斯科·佩内拉，卒于七十二岁，与其儿女、妻子和儿媳齐葬于一座巨大的粉红色大理石坟墓；阿梅莉亚·拉戈亚，卒于八十八岁，其夫阿尔弗雷多·卡瓦略（灰色花岗岩坟墓）；小佩德罗·达卢斯；诺埃米亚·瓦斯；热瓦齐奥·科斯塔；桑德丽内·平托；卡洛斯·阿尔贝加里亚，卒于二十二岁；若泽、曼努埃尔、卢尔德斯·佩德罗；纳瓦罗·达席尔瓦上尉；佩罗拉·安图内斯；保罗·沙维尔，卒于三十六岁"——在那几小时里是卡托拉在七丘之城里斯本仅有的同人。

第二十一章

每次在公墓散步之后，卡托拉都下坡去罗西奥广场的樱桃酒酒吧。在酒吧小酌过后，他在街角帽店的橱窗前停驻过几次。有一天，他已经微醺，走进商店，请店员为他试戴一顶高帽。"但您打算买吗？"员工透着怀疑问他。在店员看来，进门的顾客犹豫不决，浑身脏兮兮，但是不会构成什么威胁。虽然摆出一副臭脸，看到顾客心意已决，店员还是见机行事，拿起镜子，从橱窗取出一顶样品，帮卡托拉试戴。"看看吧，和您简直是绝配！"他貌似惊讶地评论。

在镜子映照下，卡托拉果渣般的双眼如同玻璃，皮肤如同生虫的栗子皮。在裸露的脖颈上，他看到了前所未见的皱纹，因寒冷而干裂。装点斑白头发的帽子和他苍白的面色、黑眼圈、需要打理的胡髭勾勒出的皲裂嘴唇，还有他颓然的眼神形成鲜明对比。他望着镜中的自己，嘴角下垂，一股悲伤笼罩全身，遏止了酒醉的兴奋。这张脸在他看来就像一位糟糕画家的草稿。他不得不克制自己，不去问镜中的陌生人是否需要帮忙，是否需要自己帮把手，是否想要一支烟。"卡托拉，你都干了些什么？"有人可能会这样问，但只能听到一声门响，还有顾客出门回到傍晚的冷风中丢给店员那句微弱的"非常感谢"。

如果说生命初期是不停地出发，预先体验冒险和快乐，那么卡托拉童年的放牧时光则是夜幕降临时一次次的归家，回到那个地处穷乡僻壤、附近只有自己村庄的家。如果说最初几年蕴含着生命的萌芽，那么卡托拉来到世上正是为了回家。无论家在何方，他都会在归途发光发热，不知疲惫地燃烧他的耐心，即便耐心中还隐藏着一丝苦涩。和那次出于本能的归家相同，五十年后搭乘长途车返回天堂公路的住所也在凝视虚空的沉默中度过。他的身体随着汽车加速和刹车摇摆，间或在日程本里专注地涂涂画画。在这本仍留有空白的破旧日程本里，他记录着普拉泽雷斯公墓死者的名字，还有在索米特克斯的工地午餐时间涂涂抹抹制定的各种计划。他的童年长不过这段崎岖旅途的时间，转眼即逝。回程期间，每次在各个预设车站上车的都是相同的乘客，他们带着被沉默压制的相同怒火。水泥搬运的工作又完成一日，卡托拉坐在长途客车的最后一排，被乘客们相同的怒火感染。他蜷缩身体，拉紧外套，仿佛要抵着起雾的窗户尽量少占空间。他对着自己的双手呵气，然后搓手取暖。他的双手业已变白，在去世时也不会有所改变。工程和第二段人生的诞生失败改变了他从不复相见的父亲身上继承的颜色。生活把他变成了命运的白化病患者，给他染上了一层讽刺的涂层。他沉浸于遐想中，胸口被喝过的烧酒温热，如果没有翻着发黄的眼珠，嘴巴微张，接近睡着，他就专心体验回家的旅途。他闭着双眼，钢笔、小水杯、丢失的手套、钥匙、放错地方的瓶子还有墓志铭在脑海中浮现。这个和那个他都不能忘记，这位和那位他都得和对方谈谈，于是他沉溺于自己的胡思乱想，蜷缩更甚，仿佛钻入一只海螺并在里面睡着，直到看见天堂旧公路。公路坐落的山谷里，只有碎石、杂草和拔地而起的高压电线杆。卡托拉蜷缩着，疲惫又萎靡，政治或者他人的梦想都与他无关。他只是坐着，享有公交车上的一个座位。但是占有一个座位也意味着有办法在座位中消失，如同一只动物在曾经走过的土地里把自己掩埋。在长途车站，下班的人们带着无数的眼睛、胳膊和腿挤作一团，摩肩接踵。在卡托拉看来，长途车似乎沉浸在深沉的寂静之中，仿佛在水底移动。他在座位上几近睡着，陌生人的渴望和自己的遐想刚刚开始时同样无声。因为喝过烧酒，他舌头发麻，头皮发胀。似乎没有人注意到他的存在，于是阿基里斯的父亲闭上双眼，同他人一样忘记了长途车上的自己并非孤身一人，忘记了在每位乘客的体内，生命都在慷慨地吹拂。

第二十二章

佩佩尚在襁褓,就随叔叔婶婶从加利西亚①来到了葡萄牙。从天堂旧公路还是佩纳男爵庄园的时候,佩佩就生活在那里。可怜的叔叔婶婶本可以用佩佩交换一个布谷鸟钟,但是这笔交易从未达成。

20 世纪 40 年代初,在天堂公路的土路上只有马车通行。妇女们身披黑色斗篷,在上坡的草地间劳作,男人们则在松树林里锯木头。松树林过往的场景如今被城市化和一家床垫厂所取代。现今通往卡内萨斯的长途车站,当时有一棵大杨树,孩子们在树荫下幸福地交换初吻。就是在树下捉猫的时候,佩佩磕碎了一颗门牙。这起事故为他的面容保留了几分粗野,乍一眼看去,掩盖了他温和的性情。

当时每到傍晚,风便刮起公路的灰尘,万物逐渐失去轮廓,变得模糊,被夕阳映照得金黄。日落西山,蝙蝠开始飞翔。时值夏季,蟋蟀也开始歌唱。下弦月映照在房屋窗内的油灯中,一条冰冷而闪烁的灯火舌笼罩着公路,而男人、女人和孩子们紧锁家门,疲劳地沉睡,一夜无梦。小佩佩透过百叶窗的缝隙数着蝙蝠在空中旋转多少圈,直

---

① 西班牙北部的自治区。

到浮想联翩败给了困意。一觉睡醒，又到回分叉公路做工的时候。他在那里看守马厩直到参军。

许多年后，童年的氤氲在酒馆老板看来宛若非洲的黑夜。天光乍现，佩佩站在从叔叔婶婶继承的酒馆柜台后，用脏水刷着杯子。童年记忆将他从酒醉的困倦中唤醒，让整段人生在眼前闪回。他从未向酒馆的醉汉们吐露心扉。这些人面庞凹陷，双眼闪着虚伪的光芒，穷困潦倒，身体虚弱，品味低下。佩佩眼前的一切都逐渐模糊，只剩下高大的棕榈树在风中摇荡，看得到树在摇摆，却听不到声音。在热黑麦面包的气味笼罩下，佩佩脑中出现一只开膛的羚羊，还有加利西亚一处喷泉的滴水声，和钟声的叮咚作响混作一团。但是不久过后，倒有咖啡和廉价威士忌的脏水便化为一潭沼泽，淹没了所有的快乐。在自己出生的贫穷村庄，如今只剩下盛满鲜花的谜样露台、一扇黑色大门、一个陌生女人的身影，还有远处的两三只飞蛾，应着一曲比良西科民谣，在阴暗的客厅里围着油灯起舞。在远方，佩佩的妻子弗洛里佩丝常常躺在沙发床上，对着第一频道打鼾。她露着肚子，上面挂着还没来得及脱下的围裙。佩佩恨不得杀了她，然后了结自己的生命。然而，他通常只是用手沾了沾水龙头流出的凉水，打湿了双眼，没有刷牙就上了床。

*

艰苦的童年让他的身体走了形，把他变得又矮又胖。

他长着一张沉闷的脸,从未受过苦的人会说这种沉闷是性格优势。油腻的额头上,五六绺头发向左偏梳。两只毛茸茸的大手,再加一个令他在邻里获赐"小妖"①绰号的鹰钩鼻。

和任何人一样,他也曾为爱心碎。据说他在威热②的某个地方留下了一个女儿。其实并非如此。看到自己钟爱的女孩赤身裸体,他竟然哑口无言。两人共度的唯一黎明,他居然眼睁睁看她对着军营食堂偷来的一罐沙丁鱼大快朵颐。她如此饥饿,竟惹得男孩对她失去欲望,反而感到同情。他只留下一个羞涩的吻便离开了,那个吻里还有一股沙丁鱼的味道。

巴拉比娜被作为美丽和恬静的典范留存于佩佩心中,其他所有女人都被拿来同她相比。佩佩浏览狩猎年鉴,翻阅不知所云的德语色情画报,培养出鉴别女人的洞察力。根据他的观察,这些女人仍然栖居在森林中,赤身裸体骑着野马。也许是绰号使然,佩佩认为这些女人归自己所属,但在这些中世纪的白日梦中,小妖除了为女巫做笨拙的助手之外别无选择。在女人掌管的仙境中,像他这样的男人不是被手指弹击就是被打。对于那片领域,男人们一无所知,在其中毫无地位。

弗洛里佩丝来自于土地。这个外山省③人为佩佩生下

---

① 一种伊比利亚半岛、拉丁美洲和菲律宾传说中的类人生物,被视为居住在房屋里的顽皮精灵。
② 安哥拉西北部的一个省。
③ 葡萄牙历史上的一个省,以农业为经济支柱,是最具葡萄牙传统的地区。

一个儿子。她曾怀揣成为电话接线员的梦想，但是生活把她许配给小妖当妻子。内分泌疾病令她身患残疾，才三十九岁就撒手人寰。

然而她为佩佩留下了阿曼迪奥。儿子和母亲一样臀肥腔宽，满面乏味，冷漠而萎靡。父亲和儿子都不理解对方。阿曼迪奥打心里憎恨父亲，只是因为他不让自己整天躺在床上吃面包抹榅桲果酱或者啃指甲。从挨饿到饱餐，只用了一代人的时间。父亲将此视为一种堕落。"就知道吃，你这头猪！"他冲儿子大喊，这句挖苦却引得儿子打起呼噜，转头趴在酒馆柜台后面的沙发床上，犹如一头被串在铁钎上翻转烘烤的乳猪。

同某些粗人一样，佩佩也养着一条小狗。对于一群对日光敏感的醉鬼而言，它是个慰藉。早上七点半的钟声敲响，这帮家伙从酒馆老板的麻醉中醒来。小狗毛茸茸的，好似一双拖鞋。目光精明，有如见识过一切。它抓起瓶塞和瓶盖，喝着洒在地上的劣质葡萄酒，舔着醉鬼们的脏手，寻觅猪油渣的残迹。男人们把它视为奇迹，因此羡慕佩佩，认为他不懂得珍惜这个宝贵的伴侣。

和它的主人一样，杂种犬特里斯唐出生时也是手足中最瘦小的那个。它还是一只奶狗的时候，母亲就曾试图吃掉它的耳朵，手足们则不停咬它的爪子。它从那个令人心灰意冷的家中——一个废弃院子内深处的纸箱——逃出来，却不知道自己要去哪里，就躲到佩佩的酒馆和山顶村之间街角的水沟旁，那里是佩佩倒咖啡渣的地方。

佩佩初见特里斯唐的时候，觉得它像只老鼠：如荷兰猪一般粉红色的鼻子,四只爪子只有一只是黑色。它浑身生满跳蚤。佩佩甫一碰它的鼻子,它就咬住对方的手指吮吸。"这条烂狗还怪可爱的。"佩佩心想,而狗则更用力地吮吸着它再生父亲散发红酒味的手指,仿佛正从手指里汲取生命的秘密。

佩佩不能带着它去里斯本,不禁黯然神伤。一想到要在官方文件上签字,双手就不停出汗,因为他大字不识几个,更不会写。万物喧嚣把他变得渺小。尽管已经到了受人尊敬的年纪,他却再度感觉自己像个家中无粮的男孩,害怕会被人推推搡搡。他怅然地来来往往,回到酒馆时发现特里斯唐摇着尾巴,出于狗盼主人的天性在门口等待他,不禁喜出望外。

这位酒馆老板以卷心菜炖排骨为食,也为他的"小机灵"——他对狗的爱称——煮骨头吃。儿子躺在沙发床上不住嘴地吃着,弄脏了所有东西。特里斯唐坐在桌边铺着小毯子的胶木长椅上,和主人四目相对。"你这个小机灵,去告诉那个蠢蛋柏林墙倒了。"1989年冬天的某顿晚饭时,佩佩吩咐啃着羊骨头的特里斯唐。它随即从长椅上跳下来,走到主人的儿子面前,难过地望着他叫了几声,得到对方一脚狠踢。

佩佩目睹着天堂宅院的第一批房屋筑起地基。由于不需要经常进城,他竟然对眼前的喧嚣不大习惯,对消防警笛和开往布兰多亚①的过路卡车感到诧异。

只有在松树林里，佩佩才感觉自在。那是他和特里斯唐的避风港。每次去松树林遛狗，他都右手挂着牧羊杖，左手拿着一瓶野莓酒和一个收音机。

他把雨淋风干的旧毯子和木板铺在一片空地上，躺在上面喝着酒，欣赏着枝叶间透漏的光线，直到它随着日落变蓝。特里斯唐在他周围自娱自乐，撒尿圈地划界，还衔来木棍让主人和它扔着玩。有时，它甚至会叼回一只老鼠或一只死麻雀。

醉醺醺的佩佩从沉思场域中醒来，又置身于一个平行空间，森林万籁被他放大的呼吸声打断，以一种疯狂的节奏驱赶着他。于是他站起身，张开双臂舞蹈，宛如一个悲伤的狂欢者。他在松树间逃窜，喃喃自语，对着阴影讪笑，而狗在肮脏的毯子上酣睡，如同现实世界的一个浮标，保护主人抵御谵妄。主人身心俱疲时可以抓住浮标着陆，最终如同一位狂喜的梭罗②般在户外睡着。

和佩佩相遇时，卡托拉在对方身上没有看出一丝希望，但佩佩却看到了卡托拉受难的天命，值得自己与其为伍。安哥拉父子俩抵达天堂宅院半年后，佩佩已经了解卡托拉·德索萨一家的经济状况和存粮动向。如果是夏天，在每月六日前，父子俩靠桃子、香肠和老土豆度日。冬天

---

① 位于里斯本郊区阿马多拉市的教区。
② 指亨利·戴维·梭罗（1817—1862），美国作家、哲学家，超验主义代表人物，自然主义者，代表作有《瓦尔登湖》。

的时候,也是在每月六日前,他们则点着蜡烛,以面包、猪油和黄油豆维生。从六日起,他们只能以佩佩这个加利西亚人的善意救济存活。佩佩如同奉行神的旨意,向整个街区赊销救难。有时候,如果阿基里斯碰巧于午餐结束前出现在酒馆,吃着甜瓜清口的酒馆老板也会送给他一块。

"我更爱吃木瓜①。"他告诉老板。"看你像头吃奶的犀牛,小大人。"佩佩回应。

剩余的事众人皆知。特里斯唐对阿基里斯抱有好感。它先是闻了闻男孩绑着绷带的脚踵,得到对方抚摸,就舔了舔他的手,然后像一个翻倒的陀螺一样转过身,把肚子袒露给阿基里斯。爱狗者总能俘获养狗者的心,佩佩和卡托拉因此成为了朋友。

佩佩怀着一种沉默而费解的希望,企盼卡托拉能帮助他让生活回到正轨。除了卡托拉,他也没有别人可以依赖:"医生啊,能不能帮个小忙,给我量量血压?我今天浑身都不舒服。"他不时这样对非洲人说。没过多久,对方就戴着半月镜和手套、穿着白大褂出现在酒馆,在柜台上为他量血压,并因此获得一公斤胡萝卜和一根血肠。卡托拉认为佩佩是个讨人喜欢的傻瓜。他业已卸下自负,似乎已经认定:多年前我们绝对不会与其搭话的某些人物,在某些僵局中竟会为我们带来惊喜。彼此间不必强行找话攀谈,两人如释重负。他们聊的都是无足轻重的事:土木工程的基本知识、收割时间表、斗牛、弹药、老茧、绝

---

① 原文为"mamão",有"木瓜"和"尚在吃奶期的动物"之意。

症、女人、泥瓦工行业，还有土地测量。酒馆老板欣赏阿基里斯的彬彬有礼，对他运动员般的身材和尊重长辈的态度表示认可，因自己儿子的笨拙无能而羞赧惭愧。阿基里斯认为佩佩是个酒鬼，但是很高兴父亲在这么久之后终于交到一个朋友。

5月14日那天（他没有忘记这个日期），佩佩决定向朋友展示他的避风港。卡托拉从未走进过松树林，战战兢兢地跟随对方来到一个岔路口。四周的松树和桉树将他们包围，风摇曳着荆棘，卷起野餐区里被人丢弃的垃圾。

"我要是在这里杀了你，伙计，没人能听到你呼救。"加利西亚人举起他的野莓酒，拦住卡托拉道。卡托拉并未露出惧色。"过来吧。就在那边。"两人继续向空地走去。特里斯唐如往常一样率先到达。

"这就是我的帝国，医生。我希望生活在这里。"佩佩总结发言，并张开双臂转起了圈，如同在家里接待访客。"地方挺大。"卡托拉知道对方盼望自己说点什么，于是这样回应。

两个人在毯子上并排坐下，听着风把树枝吹得咯吱作响，用石头砸松子。与此同时，两人的魂魄与他们自负的梦想撞成一团。

第二十三章

卡托拉的父亲是个患白化病的牧羊人。他面露潮红，留着玉米黄色的长辫子。卡托拉小时候就常被父亲带着去离家甚远的地方。他们当时生活在姆班扎刚果[①]一个村子的茅屋里。父子俩披着星斗出门，迎着暮色归来。父亲头上戴着那顶破洞的深蓝色毛毡旧高帽，自从他在公路边捡到这顶高帽，它就成了他的标志。

他们把孩童、妇女和流浪狗都抛在身后，钻进灌木丛，被羊群陪伴着，尽力走到步之所及的最远处，打算尽量拖延时间晚归。夜幕降临，男孩的母亲煮熟一碗木薯，烤好一把花生，等待他们回家。

他们并肩跨过巨石和溪流。两人步调不同，父亲快步行进，孩子落在后面也不着急追赶。父子俩一直走到一条小河河口。在雨季，河水漫上河岸，将平原冲刷。在旱季，沼泽地则成为牲畜解渴的理想场所，在那里它们不会走散。河岸框住了羊群，令它们不敢造次。

整整一天，在榕树荫下，父子俩各自数着心事，彼此间只有只言片语。他们各自用刀雕刻生木薯。男孩日复一日压抑着稚气，不让它流逝。有时候，男孩突然一怔，因

[①] 安哥拉城市，扎伊尔省的首府。

自己可笑的想法而尴尬。父亲始终无动于衷，没有什么能把他逗笑，也没有什么能动摇他全身心履行的静默誓言。男孩饶有兴致地雕刻着笛子或鳄鱼，吸引父亲关注他的雕刻天资。父亲却面无表情，对男孩报以一脸冷漠，令他不安了片刻。冷漠随即被更长时间的沉默所取代，男孩因此困惑不已。

如果听到什么声音，卡托拉就站起来，拱起手作望远镜，转动上半身远眺。在地平线上，他依稀望见一辆马拉的大篷车、一个长着骡子脸的男人、一只双颈的长颈鹿、一头燃烧的牛羚，还有一辆飞行的轿车。这一切如同一列想象出的火车般从眼前驶过，但是随即又像是被灯光灼烧的滤布一般燃烧起来。面对男孩的这些幻梦，卡托拉的父亲丝毫不为所动，这也变相说明他心情不错。

四周的羊群在平原上吃草，下到溪边喝水解渴。有时候，它们走得过于分散，超出了圈定的界限，回来的时候还把角拖在地上，一脸无知，犹如在讽刺男孩见到它们归来时夹杂着紧张的喜悦。

正午时分，父子俩以父亲腰间小包里的木薯为餐。午餐用毕，卡托拉得到父亲目光的应允，便朝溪流奔去。他拍打水面，在水里上蹿下跳，假装自己会游泳。他出水上岸，躺在岩石上伸开双臂晒干身体，父亲则在他身旁嚼草根。在无聊和尴尬的神奇间隙，他居然灵魂出窍，莫名其妙地对着虚空模仿小猴子，睁大双眼直勾勾地盯着太阳。他忽略了父亲的陪伴，也忘了自己身在何处。父亲和高帽都没有意识到：他还是个孩子。几个小时就此度过，父亲告诉他到回家的时候了。"一天中最重要的环节就是回家。肚子咕咕叫,回家的时候就到了。"

夕阳西下。风在呼啸,经常还会下雨打雷。男人和男孩吟唱着巴刚果族的圣歌迎风而行。羊群咩叫着走在父子周围,在黑暗中踉踉跄跄,把彼此绊倒。

发现行将渡过的溪流涨水,父亲就要儿子背过身去,挥舞着他的牧羊杖降低水位。如果风刮个不停,他就举起右手,一阵和煦的微风随之而起。电闪雷鸣,男人就吹起口哨,天空旋即繁星点点。如果一条蛇半路出现在他们面前,父亲甫一命令儿子闭上双眼,蛇身就一分为二。到家的时候,母亲满眼担忧地在茅屋门口迎接他们。他们点燃火堆,吃饭睡觉,不久之后就又到了带着羊群再次出发的时候。再次出发仅是为了再次归家。转眼间,卡托拉在传教布道中学会识字。如今,自己回家路途耗时一再压缩,而出门的次数也日益减少。当他能亲手写情书的时候,父亲一夜间消失了,仅留下连根剪下的辫子还有那顶高帽。那一天,一只老鹰叼着一条巨蟒划破村子上空的苍穹,最终消失在视野中,迷失在时间里。

第二十四章

妈妈：

你既然不出门，要我买帽子干吗？已经告诉过你别和我耍性子，我没有时间哄你玩！

今天我赶快给你写封信，只是想问问一切是否都好。寄去一双拖鞋，还有一本给内乌莎的涂色书，这就是能买到的全部。

别胡闹，妈妈！别得了便宜还卖乖。很快我和阿基里斯就会有消息的。

我很忙。剑麻绳也寄出去了。今天我看到了埃武拉的照片，阿连特茹地区的一个城市。狩猎女神戴安娜神庙的废墟太壮观了！

妈妈，你能相信吗？我在地铁里碰到了莫萨梅德斯的老门东萨。他七月份到的里斯本，现在住在老神甫教区的一间出租屋。咱们的老朋友还是老样子。我们在罗西奥广场吃了一盘红豆烩肉,是他付的账。能想象吗?他身上居然带着好几千葡盾,搞不清楚是什么原因。

你的

卡托拉

第二十五章

尤里默不作声地听着。睫毛浓密的双眼如同一潭晦暗的湖水，里面应该藏着许多秘密，对于这一点他自己却没有觉察。他爬上院子里的鸡笼或是屋顶去捡球。他独自一人玩耍，对着大人们的影子自娱自乐。他似乎在挨饿。卡托拉常在清晨出门时对他说："喂，早上好啊，小猴孩！"尤里不去上学，但在那个时候人已经在街上晃悠了。对于卡托拉的问好，他没有回应，但觉得一切都挺有趣。妇女们晾衣服的时候，他帮忙卡夹子。他通过扫地换得茴香糖，或者换取机会把花生粉碎机转上一圈。他既不识字也不会写字。对于什么时间应该履行何种义务，他也毫无概念。对尤里来说，一个个星期就是无休止的自言自语，是没完没了的流言蜚语，还有一两次转瞬即逝的快乐。整个街区他最喜欢的地方就是祖母保存着两块胆结石的饭盒，结石是在1983年手术取出的。饭盒放在房间的床头柜抽屉里。房间又湿又冷，睡觉的时候他和祖母抱团取暖，抵御刺骨的寒冷。尤里如同地质学家一般凝视着结石，并因此挨了一顿揍。他满足虚荣的唯一手段就是提醒邻里的孩子们：他的曾祖父是基德·奥古斯托，就是那位出生在匈牙利人采石场棚户区战无不胜的拳击手，普雷托·席尔瓦的祖父。但是其他人都认为这是尤里的胡编乱造。

尤里身体灵活，膝盖棱角分明，小腿颀长，上面有蚊子叮咬的痕迹。他以百家饭为食，有时还能吃到一位女邻居买的巧克力金字塔。无聊到烦躁的程度，他一拳拳捶打棚屋的墙壁，直到指关节开裂，就可以顺理成章地用卫生纸包扎。

佩佩只允许尤里骑着他的骡子，在天堂旧公路旁侧的荒地遛弯。这小子摆出冠军的架势爬到骡子身上，佩佩在酒馆向顾客描述："你们相信吗？这个兔崽子居然站在骡子背上！"没有人因为尤里这一壮举将视线从酒杯里移开，但是它的确令人难忘。尤里赤脚站在骡子背上，与此同时，一辆卡车在公路上驶过。老佩佩不知道当时是醉是醒，唯恐尤里就此丧命。

"小混蛋，别给我惹麻烦！"他双手抱头冲尤里喊道，而那头骡子——天堂宅院里唯一比尤里更温顺的东西——应声跑远。男孩片刻间有如太阳神，他乱蓬蓬的卷曲金发吹着七月的风，迎着上坡绵延的干草。牲畜每跑一步，他的心都随之跳跃，所幸骡子才跑出大概四米的距离。男孩的理智摇摆不定，仿佛他既笃定同时又疑虑自己不会摔倒，他了解又不知自己有怎样的勇气。他忘记了佩佩，也忘记了自己混乱生活的惨淡。他猛然回神，转过头来，上身转向右侧，挥手向佩佩作别。

从那时起，佩佩对这个男孩肃然起敬。无需深究尤里的天真灵巧，他或许是某样吉祥之物的信使。尤里刚刚长到洗碗槽的高度，就开始在酒馆洗杯子。他当时大概九岁，但是双手已经灵巧得如同专业的酒保。佩佩供他午饭吃。两人坐在柜台后面吃着饭，望着比红酒盒还小的电视机，通过屏幕上的雪花解读着新闻。

在一个推杯换盏的夜晚，佩佩被对儿子的仇恨蚕食，考虑将一切留给自己垂青的尤里。他说尤里是自己珍贵的伴侣，这话像是用来描述特里斯唐——它一脸漠然盯着男孩。随着时间推移，佩佩和尤里竟然变得相像，或者说他们至少成为了十四行诗中被人寻觅的尾韵①。男孩是乱蓬蓬的浅棕色头发，老人则是秃头上残留着软趴趴的卷发。尤里皮肤上的晒痕如同白色的雀斑，佩佩则是皮肤泛着酒痕，两片红斑像是被一个有仇必报的孩子所涂画。两人都穿着旧衣服，男人是棕色，男孩则是鲜艳的颜色。两人都脏兮兮的，却又生气勃勃，有如一同在沙尘暴中幸存，刚刚从帐篷里探出头来。

---

① 十四行诗最后两行押重叠韵，即韵脚相同。

第二十六章

那位先生叫什么名字来着？佩佩？西班牙语的佩佩？但他是古巴人吗？好吧。嗯，我不知道，别聊他聊个没完没了。你得当心，这些白人可是不可靠啊。还记得莫萨梅德斯的那个屠夫吗？他们就是贼啊。只是想接近一个人，然后就一直胡诌黑人这黑人那，安哥拉人又怎么样。爸爸，向我保证：别随随便便就信任这些古巴人。你才离开安哥拉不久，而我又不在你身边。然后他们就会告诉你遇到麻烦了。他们就是想骗钱。等我到里斯本吧，就可以布置咱们的小窝了。给我讲讲房子是什么样吧，里面有双人床吗？哦，有啊？我们就在这张床上再造一个男孩，爸爸。上帝总有一天会赐下我们的应许之子，我的上帝可是无所不能。爸爸，帮我暖暖床，好吗？我的腿正在好转，这个月我已经能自己站起来了。我还和女孩们一起做基隆博医生教的体操。等你看到我的时候就会想：哎，我的妻子真是强健又美丽。现在，关于这个叫佩佩的家伙，就按我说的做，听到了吗？像你这样的老人，已经不是到处和其他老人交朋友的年纪了。他结婚了吗？看看他是否像这里的老人一样，老得彻彻底底。注意他别对阿基里斯使什么坏。我的儿子在长大，母亲却不在身边。上帝总是保佑孤儿，我知道。但是正如耶稣所说：上帝的仆人必须始终保持警惕。爸爸，我们不能犯蠢，因为在这一生中魔鬼有很多副面孔来伪装。儿子和你待在一起，你还用交什么朋友？时常来和我聊聊，爸爸，别忘了。每个月，最后一个星期六，咱们在电话里重逢叙旧。想想咱们的小天使吧。你是我的男人，上帝把我带到这个世界上，可不是为了让我慢慢枯萎的。不，爸爸，上帝终有一天会在我身上降下伟大的奇迹，就像他在旧约中对撒拉所做的那样。亲吻你，爸爸，亲吻阿基里斯。不要忘记我的忠告，告诉我的儿子：妈妈一直在为咱们团聚的日子而祈祷。呃，爸爸，对，等一下。房子里配橱柜了吗？可以摆水晶杯的那种？嗯，你在笑。记好了，我可不想住在没有橱柜的房子里。好不好，爸爸？代我向巴尔博扎·达库尼亚医生问好，从殖民时期起他可就是咱们的好朋友了。我还记得他们优雅地为咱们上晚餐……等我到了里斯本，咱们也要这样用餐：蛋黄酱、酒和饮料，这一切都要。爸爸，再见，吻你，吻你！

第二十七章

　　卡托拉·德索萨全家都被疾病贻误：卡托拉沦为格洛丽亚的附属，又因为儿子的脚踵改变了生计；茹斯蒂娜因为母亲放弃了自己的梦想，在父亲和弟弟前往里斯本之后，沦为家庭主妇；阿基里斯忍受着畸形的脚踵，还要肩负照顾卡托拉的责任。

　　他们既没有成为彼此的牺牲品，也没有人特地扭转自己的梦想。全家人彼此照料，乘坐堆积了债务、无奈、饥饿、憎恶和关怀的列车，走过近四分之一个世纪。也许每个病人体内都有一位暴君，每位护理员体内都有一名刽子手。

　　阿基里斯用脚踵拖累着父亲，父亲把照料自己的任务压在儿子肩上。在儿子的童年，父亲甘愿快乐地自我牺牲；而在青春期，儿子被卡托拉拒绝重新开始一段人生，只能任其擦身而过。阿基里斯的脚踵是老人的刑罚，也是他的养分，正如照顾妻子对卡托拉而言是一种折磨一样。他已经学会忍受这种试炼，期待着妻子的逝去，也盼望着她的康复。茹斯蒂娜假装格洛丽亚业已死亡，但也可以为她倾尽生命。为了在失败的生活中幸存下来，她爱上了照料母亲这一差事。卡托拉在里斯本，如同浇灌坟墓旁的花坛一般，通过信件和电话滋养着妻子的希望。格洛丽亚母亲踩着家人的肩膀获得重生，但却不记得他们已经因她而亡。

全家没有依赖怨恨维系关系，尽管卡托拉在付出时，心底仍夹杂一丝苦涩；尽管茹斯蒂娜的献身散发着花瓶中凋零花朵的气味；尽管阿基里斯从未原谅父亲赋予的脚踵，虽然自己已经习惯把它当作一个记号。

全家也不会因为命运设置的起落浮沉而黯然神伤。他们并不觉得自己是不幸的代理人。格洛丽亚由于一场不幸的分娩而一病不起。茹斯蒂娜被迫困于母亲的房间里，因为弟弟生来跛足。阿基里斯天生如此，始作俑者就是父亲卡托拉。

他们既是病人，又是护理员。无论何种身份，都渐渐变成了某个陌生人的翻版。陌生人像是全家人的母亲，而他们成为了彼此的手足。陌生人不是一位已故的祖先，也不是父母创造未竟的孩子。几千里之外，茹斯蒂娜居然和阿基里斯相差无几，同样无精打采，尽管尚存一息。夫妻二人在黑暗中接吻过后良久，老卡托拉的嘴唇竟令人想到其卧病在床妻子的嘴唇，同样无形而暗淡。全家人不再是不同而独立的个体，而是同一生物的不同部分。男人、女人、男孩、女孩都是同一个怪物，只是处于不同的生命阶段，位于不同的纬度，吞食着各自大相径庭的渴望。

阿基里斯和卡托拉在里斯本度过的第七个夏天，茹斯蒂娜前来拜访。这趟被无数次推迟的旅行是为了给男人们布置新房子——他们可不知道拿它怎么办。抵达波尔特拉机场后，女孩甚至没有时间多想，就和女儿上了佩佩的面包车。在她看来，他像个尴尬的乡下老头。

同阿基里斯和卡托拉降落时一样，茹斯蒂娜透过窗户领略里斯本这座城市，并在去往天堂宅院之前得以在市中心兜风。喷泉、雕像、人行道，在她看来都破败、老旧又肮脏，提不起兴致。那是一个阳光惨淡的早晨。她透过玻璃凝望，仿佛正要去见证一个秘密被揭开。

众人抵达时，天堂宅院笼罩在迷雾之中。面包车开进天堂旧公路，佩佩打开窗户，"让女孩们感受一下乡村的空气"。茹斯蒂娜从父亲的信中认识了佩佩。她发现汽车座椅很脏，注意到酒馆老板握在方向盘上的黄指甲，还有不曾令朋友卡托拉反感的毛茸茸双手。父亲和朋友愉快地闲谈，比比画画如同一位退休的哑剧演员，映入后座茹斯蒂娜的眼中。他的双手变了，臂膀宽了，变得健壮了。卡托拉的双手在空气中打着手势，陪着朋友的双手颤抖地舞蹈。他们看起来像两位年迈的钢琴家在汽车仪表盘上四手联弹。那不是父亲昔日的双手，不是她曾在每周日下午跪在父亲的扶手椅旁为其锉指甲的那双。

卡托拉的声音听起来也很奇怪，如同一部劣质的配音电影，似乎不是从他嘴里传出。他的面部抽动，脑袋摇晃，哽住，大笑，但没有一个动作和女儿在后座上听到的发音匹配。父亲的双眼似乎也与昔日不同，比她记忆中更加暗沉。内乌莎已经靠在她母亲身上睡着了。卡托拉已不再是原来的卡托拉，而她也不再是父亲留在罗安达的那个女儿。她以为只是来照顾父亲和弟弟一个夏天，却没想自己要为两个男人担负多少。

然而对于这一切,茹斯蒂娜只考虑了寥寥几分钟。时间把父亲和他开着面包车的朋友变得相仿,但是她是带着任务而来,没有工夫问这问那。一行人抵达时,她看到院子和棚屋,什么都没有说,甚至没有为棚屋悲惨的门墙唉声叹气。

阿基里斯在家门口迎接他们。见到姐姐,他害羞地缩成一团。她终于逃离旅途中令人不适的夸张比画,高兴地拥抱弟弟。茹斯蒂娜把弟弟紧拥入怀,发现他又瘦又高。他伪装对于她的陌生感,也注意到对方身上有种强行装出的轻松。姐姐大声说话,声音在厨房的蓝花瓷砖间回荡,如香水的香调一般飘入里屋。她的声音有一种唱歌般的抑扬顿挫,还有一种莫名的忧伤,仿佛在每句话的末尾,她都准备收回方才所言。

翌日一早,茹斯蒂娜就用手帕绑住头发,开始忙碌。她从父亲床下垒好的行李箱中取出邻居们送的旧衣服,又打开阿基里斯床头从罗安达带来的行李(几乎未动过)。由于灰尘太大,她需要用布把嘴遮住。在箱子里,她发现从小纸盒里散落的剃须刀片;几条被红药水浸染的纱布,污斑随着时间推移已褪成橙色;各种证书和文件,卡托拉写在上面的笔迹已经模糊;还有发票、阿基里斯脚踵的X光片、莫萨梅德斯乒乓球俱乐部的旧会员卡、过期处方、餐厅赠送的日历、铝制口哨、小飞机形状的镇纸和一个坏了的电池手电筒。卡托拉的新家里没有抽屉藏东西,但是由于茹斯蒂娜的关怀和勤快,甚至是不存在的秘密也拉近了父子俩的距离,破除了二人之前的疏离。在此之前,这种疏离一直是他们的救命稻草。将二人维系在一起的就是他们尚未学会说出的话，是他们对彼此的疏于了解之处。他们一直没有打开行李，并非因为粗心，而是还抱有希望——他们知道自己尚未到达目的地。一夜之间，茹斯蒂娜就强迫他们着陆，却没有意识到：七年过后，他们的行李仍未抵达里斯本。

女儿和外孙女在盆里撒下洗衣粉，把各种陈年旧物清洗干净，再摆到厨房的桌子上晾干。盆里的水变成了棕色。母女俩用湿布擦去各种物件表面的铜锈，它们恢复成原来的颜色。对于毛衣和外套，比如索米特克斯的厨娘送给阿基里斯和父亲在天堂宅院熬过第一个冬天那几件，母女俩就把它们叠好放进口袋，拿到户外去。女孩在水池里把它们洗干净，然后铺在院子里晒干。"我靠！"看到外孙女忙得不可开交，卡托拉激动不已，"我的外孙女长成大姑娘了。你长得这么漂亮，真让人操心。"孩子对外祖父还感到陌生，没做回应，只在闻言后更加像模像样地抖搂着衬衫。她们把冬装晾在院子里妇女鲜红色的内衣之间，任七月午后的热浪把它们烘干。霉味混合着洗衣皂的味道，散发出一股清新。那是被希望渗透的徒劳之香，是物品由全新沦为二手那一刻散发的气味。

第二十八章

建筑工人们离开工地，为一日劳作画上休止符。他们似乎没有意识到自己所处何年。有些人斜挎着运动包，有些人两手空空，还有些人撸胳膊挽袖。他们依次走出旋转闸门，穿过一条狭窄的走廊离开工地，发现整座城市都在归家途中。

他们短暂地溶解于落日余晖。尽管已经在太阳下劳作一天，还是免不了黄昏的侵袭。他们已经筋疲力尽。一旦走到街上，就左顾右盼，似乎不知道自己要去何处。他们衣襟外露，外套毛衫，穿得层层叠叠。有些人还在衬衫口袋里放了一把梳子，在刚下班的几分钟空闲时间里，就站在围栏前单手梳起了头发，另一只手则拍着卷曲的发丝把它抹平，以免看起来像刚刚睡醒。他们从不等待身后的工友，排成一队依次离开，然后各走各路。卡托拉和阿基里斯通常一同离开工地，但偶尔也会分开回家。儿子自走自路，父亲则坐进莫塔的面包车，或者不搭便车，在附近的酒馆稍作停留。

怒气冲冲的老人、男人和男孩从建筑工地鱼贯而出，如同一群龙套演员从一幅静默的画作中突然涌现。出口仿佛突然惊醒，随着建筑工人的依次离开被一次次搅扰。每个人都是独一无二的个体，但是他们普遍的疲乏表情将自己的独特性消解。最后一丝日光照耀着围栏，这些人暂时与一个故事中断联系，但不久后又要再次和它发生关联。直到辨认出熟悉的景观，他们才能说清自己是谁。生活被工作抹除，身体尚需时间，方能重新进入等待着他们的生活之中。他们压低帽子隐藏自我，搭上面包车、公交和地铁。不久后就到夜晚，他们不得不面对黑暗还有空虚的时间。身体来不及回想起自己是谁。他们抵达自己居住的街区，就把塑料椅子往棚屋门口一靠，坐在上面看孩子们踢球。

卡托拉也是如此度过无数个夜晚。他饶有兴致地看着尤里扫动细腿，对其他孩子虚晃闪避。他并没有因此教育尤里一番，而是出神地看着男孩跑来跑去，仿佛这是自己疲惫生活的点缀。

尤里在院子里脚带球上蹿下跳，大喊大叫，生气或是摆出取胜的架势。他有着无穷无尽的能量，卡托拉如同畅饮冰水一样恣意汲取。踢球是对死亡的躲避，而逃犯还是个孩子。"卡托拉医生！看这里啊！"男孩满脸通红，兴冲冲对他喊道。他要卡托拉称赞自己的技艺，为自己拍手叫好。而卡托拉则双眼上翘，真心地微笑着。"对了，就是这样。把球放在地上，小子，把球往中场踢！"

第二十九章

太阳落山，母女俩像是遵照卡托拉所出生村庄的习俗，为男人们把饭做好。内乌莎把土豆和胡萝卜去皮，母亲把肉切好。她们做的是田园炖肉。茹斯蒂娜对着米饭锅祈祷上帝赐福。搪瓷锅从来未被刷得如此干净，里面的米几乎要溢出来。

夜晚时分，女儿在月光下抽烟，给父亲唱波莱罗舞曲。卡托拉闭上双眼，在茹斯蒂娜的嘴唇上依稀辨出格洛丽亚的嘴，于是带着怀念狡黠地微笑。父女俩的开怀大笑到处回响，阿基里斯趁机从姐姐的烟盒里偷烟。全家吃了切片西瓜、焦糖块还有从罗安达带来的烤花生。外祖父给外孙女讲了猴子取笑斑马黑白条纹的故事，还有为什么对煤一般黑的人不要抱有期待的故事。

在室内光线的照耀下，阿基里斯提起裤子，露出他的脚踵。唯独这一次，在母女俩面前，他的伤疤看起来像一枚勋章。茹斯蒂娜用手指触碰弟弟的脚，掩饰自己不忍卒看。她轻轻地颤抖，有如在触摸伤口。她抚摸着弟弟的脸，不知为何竟感到内疚。父亲靠在里屋的门框上目睹这一幕，默不作声地任由姐弟俩在相处中彼此磨合。

几天过后，此前拘谨的阿基里斯对姐姐浮夸的举止不再那般诧异，茹斯蒂娜也觉得弟弟不再如尸体般那么惨白。"不,爸爸说得对。这不是贫血,爸爸。这孩子确实变成了白人。"一家四口坐在门前的台阶上期待着流星。院子里的灯光熄灭,前屋的妓女化着金属蓝色的眼影出街。蟋蟀歌唱,没有一丝夜风吹过。

棚屋不再散发着霉味。当月的账单已经用茹斯蒂娜的积蓄付清。少有的几件家具都被她清洁过。她用指尖捡起地上的棉絮,以捕捉萤火虫一般的优雅把它塞进围裙口袋里。经过茹斯蒂娜的整理,连客厅里的小桌子都不那么摇晃了。老人和男孩沉浸在快乐之中,把自己打理得更干净。他们出门做工前或收工回家时总会发现各式各样激动人心的惊喜:切成块的橙子蛋糕、柠檬皮油炸糕或是冰咖啡。

夜晚,老人和孩子们上床睡觉,茹斯蒂娜则独自待在院子里,在黑暗中吐着烟圈凝望阴影,看着旧公路上一辆辆汽车驶过。没有人想起问她来到这里之后是否快乐,但是她脑中曾多次闪现一个念头:自己可能不会返回罗安达。

点燃的香烟和窗户映出的灯光引来飞蛾和蚊子,被她驱走。她自言自语,脚趾打着响。她幻想着性爱,撕咬皮肤的毛刺,计算着假期剩余的日子。夜晚变潮,她走进屋里。女儿睡在厨房的地板上,桌子已经移远。她刷过牙,就躺在女儿身边,妄想着上帝保佑进入梦乡。

第三十章

茹斯蒂娜邀请佩佩和他的儿子阿曼迪奥来家里吃饭。卡托拉和阿基里斯顶着满头石膏沫下班到家时，发现床上放着两件熨好的衬衫。内乌莎在棚屋门口欢迎他们："欢迎来到卡托拉·德索萨家的餐厅。"屋里散发着鸡蛋、糖还有炖菜的味道，应该是一顿丰盛的晚餐。家里没有桌布，茹斯蒂娜就将一张床单翻过来铺在桌上。桌上的盘子看不出来自哪些不同国家，为每个人准备的杯子也是五花八门：三个牛奶杯、两个高脚杯还有一个打破的小酒杯。

"赶快去洗个澡吧，佩佩师傅应该就要到了。"茹斯蒂娜将一切都考虑周到。她切开一个杂粮面包，摆在桌子中央的汤盘里。她用西红柿烩制一只鸡，将炸好的薯条放在烤箱里保温，在搪瓷锅里煮了一斤米饭，还煎了几片香肠。她让女儿下午去杂货店买橄榄、葡萄酒、乡村奶酪和拌沙拉用的生菜。甜点是甜米布丁[①]，它在屋里散发出肉桂和牛奶煮柠檬的香味。阿基里斯沐浴时的蒸汽凝结成圣洁的云雾，将甜点的香味带入里屋。内乌莎用小刀把桂皮削成粉末，在椭圆形盘中画出两颗心。两颗心瘪瘪的，没有充气，像是爆炸漏气的气球。

---

① 用牛奶和白糖混合煮米饭而制成的布丁，通常加入柠檬皮和桂皮粉调味。

"内乌莎，去迎门！"父子俩刚刚把衣服穿好，客人就到了。"欢迎来到卡托拉·德索萨家的餐厅。"女孩招呼佩佩。

佩佩穿着长袖衬衫，扣子系到衣领，背上披的毛衣让他看起来又活泼又整洁。他抹上发胶梳成背头。阿曼迪奥带来一束玫瑰花，小朵玫瑰将他因害羞而泛红的脸颊映衬出几分天真。

"下午好，茹斯蒂娜姑娘。我给你带了一件纪念品，这原来是我妻子的东西。"佩佩手里拿着一个玻璃罐子，上面有一个鸭头形状的小贝壳盖子。"非常感谢，佩佩先生。我父亲的朋友就是全家人的朋友。""我还带了一些樱桃做甜点。"

阿基里斯走进客厅，接过佩佩向姐姐递出的水果袋子，但被姐姐在手上拍了一下。"家里的食物由我负责，阿基里斯小子。"

"啊，我的伙计，我从没见过你这么英俊。"卡托拉评价道。他走出房间，发现朋友和儿子盛装打扮，但看上去有些沉闷。"房子太小了，咱们得坐下来，师傅。请坐，让我女儿来招待咱们。""这就对了，快请坐吧。爸爸和客人坐在椅子上。阿基里斯，你坐板凳。内乌莎坐地板，我就站在这儿。我太累了，坐不下。"

茹斯蒂娜将这顿晚餐当作对酒馆老板的感谢，她的无微不至像一剂良药拂照着四个男人。开始用餐前，卡托拉的女儿要求大家肃静，对客人赴宴表达了感谢。内乌莎睁大眼睛,发现最年长的客人双目圆睁,还对着她眨眼。

美味佳肴接踵而至。首先是面包、橄榄、奶酪、香肠,然后是烩鸡、米饭、已经冷却的薯条,还有生菜沙拉。众人在沙拉碗里用叉子把生菜撕碎。

如果一开始男人们还觉得自己像狂欢节星期二戴着假面的舞者,那么渐渐地,不安就被食物和葡萄酒化解,但他们仍然觉得这是个特别的场合。他们陶醉于收音机中播放的美妙旋律,被这位年轻女子关怀的纽带套牢。因为有人照料自己,他们感到欣喜又拘束。

佩佩对着女孩伸出舌头,模仿猫头鹰的样子。阿基里斯笑得很勉强。阿曼迪奥发现自己正大快朵颐。茹斯蒂娜双手扶着臀部身靠洗碗槽,如同一位慈母般的哨兵,注视着晚餐的一举一动。

客厅墙壁有待粉刷,家里缺乏装饰,主人对客人极尽礼数。与这一切相较,插在瓶子里茶色的小朵玫瑰显得突兀。尽管彼此天天见面,在朋友面前,主人拘谨得像客人一般。

吃完甜米布丁,佩佩逼着儿子唱一曲法多①,然后讲起了趣闻轶事。他回忆起佩纳男爵的年代、一个没有脖子的杀人犯、那棵亲切的老杨树,还有童年时代的几次特拉法里亚②之旅。卡托拉克制着没讲非洲故事,沉浸于朋友

---

① 原文为"fato",意为"命运",是葡萄牙一种独具民族特色的音乐类型,悲怆而缓慢,演绎时通常用葡萄牙吉他进行伴奏。
② 葡萄牙中南部阿尔马达市曾经的一个教区,如今是卡帕里卡-特拉法里亚教区的一部分。

的字正腔圆之中。晚餐接近尾声，众人喝着里-昆戈茶①，卡托拉觉得朋友的声音是博学之音，是一段庇护朋友的历史古老的回声。

众人大笑着，打着呵欠，吃着樱桃，茹斯蒂娜和卡托拉为客人跳起舞。"咱们这儿有舞蹈家！"佩佩大叫，简直要从椅子上跳起来。

"真高兴看到你们全家这么亲密。我的朋友，你知道的，有什么需要都可以找我。"

客人离开时，没有一丝微风吹拂。佩佩背对着卡托拉一家举起手来，同他们告别。他正要对着儿子的屁股狠狠打一巴掌，却踩到坑里流出的水滑了一跤。

阿曼迪奥是父亲酒馆的装饰品，他如同一个不可预知的幽魂终日在那里游荡。然而在男孩的内心深处，幻想并没有屈服于绝望。他徘徊着，如同一个面团，期待获得自己的形状，但是无人知晓那将是什么形状。多年来，阿曼迪奥沉淀出与人无害的性格，与掩盖他真实年龄的肥胖身形反差鲜明。他的身体是一个无人疼爱的巨人躯体，如同一个被遗忘在地窖里的破木桶。而在体内，泡腾颗粒与各种酸液和气体在甜味中发生化学反应，发泡沸腾。他在于世无害的遐想中自娱自乐。他与邻里的其他男孩想法不同，并不期盼离开天堂宅院、结婚或者继承父亲的生意。他对于打理酒馆毫不觊觎。

阿曼迪奥对着柜台后面的小电视打游戏机，宛如一个

---

① 葡萄牙殖民时期莫桑比克古鲁埃市所产的茶叶。

不瞑目的死者，这已是司空见惯。阿曼迪奥的梦想就像酒馆后厨一样隐秘。他似乎并未意识到自己还很年轻，生活完全可能会改变。他不在意佩佩年事已高，面对父亲的愤怒也是充耳不闻。他已经学会了向父亲装蠢来自我保护，对于这项技能，无人可与他匹敌。

"吃白饭的，过来！把这堆破烂清理干净。"佩佩当着酒馆里其他男人的面冲他喊道。"别去烦这孩子了。"卡托拉同情地抗议。

辱骂揭示出阿曼迪奥的处境。他是一件无用的配件，在一汪脏水中扭曲干涸。

也许阿曼迪奥是天堂宅院里唯一的天使长。他的监护权自然归属于佩佩，一个对天使性别①毫不在意的人。归根结底，父亲的酒馆是阿曼迪奥白日梦的收容所，他人甚至意识不到他的存在。他的幻想隐晦又纯真，其中没有英雄。他想象着闻着尤里的脖子捏一把，幻想着一个美妙的法多之夜，在静默之前收获掌声雷动。他装蠢是为了让他人别来烦扰，由他自行其是。

佩佩把儿子的身形视作过失，对他的美丽躯体视而不见。阿曼迪奥的躯体或许是对其美德的伪装。父子俩笑起来的时候甚至如出一辙，阿基里斯初次同他们见面就注意到这一点。两人笑起来脸颊上都有酒窝。没有注意到守护天使是以自己为模板而制造，责任只可能在佩佩。

"我抽你脑袋啊！别拖着个步子，你这头猛犸象。"父

---

① 借以比喻无关紧要的事情。

亲在回家路上对他喊道,像对待驮物的牲畜那样推搡他的后背。

但是对于阿曼迪奥而言,曳足而行就是扇动翅膀。

第三十一章

"对,是这样。头先向后仰。""当心,内乌莎,他会呛着的。"女孩抓住男孩的一绺头发,露出失望的苦相。我们记得初次造访的地方,记得初吻,却不记得第一次被别人梳头发。尤里有种奇怪的感觉。她把手指伸进尤里卷曲的发丝间,尽量不弄伤对方。"等等,女儿,你得涂点儿橄榄油。"她抓着他的脖根,不耐烦地掐了一把。尤里于是咽下最后一口牛奶,闭上双眼,按照对方示意把头向后仰。内乌莎的小手开始驯服尤里的长发。她沿着尤里的发根涂上一勺橄榄油,然后拿起梳子。"当心,内乌莎。你可得注意,别把他弄伤。"女孩和男孩配合默契。他闭着眼睛。她挽起睡衣的袖子,如同接受一项成年人特属的任务投身其中。其实这项工作没有她想象的那么费劲,她将男孩梳成背头,又把头发分成三束。尤里一直闭着眼睛,专注于她的双手摩挲产生的热量。茹斯蒂娜一边在餐具抽屉里找烟抽,一边注视着他们。然而她心不在焉,而他们也已不再是两个孩子,尽管尚未成年。内乌莎的手臂上下移动,尤里的颈背前后摇晃。两人好像划着一条救命的船,或者说他们俩就是那条船,而不是划桨手。这条船通过划桨来自我拯救。两个孩子的肢体同步进退,有如偶然间同步的电流,只在两个孩子注意力所持续的短暂瞬间产生，结合后随即分离。茹斯蒂娜感觉自己多余，便自觉离开。两人的注意力又维持了几分钟，这是一个试图逃离童年的孩子所能坚持的时长。听到关门声，他们仿佛被惊雷唤醒，从内乌莎执行的任务中醒来。"我可以照照镜子吗?""我还没梳完，但你可以照。"尤里在卡托拉的镜子里看到自己的脸，发现自己和往常别无二致，感到诧异又欣慰。内乌莎只是一个女孩，不是一扇开放的门。当时才早上九点。

第三十二章

里斯本的西班牙广场上，在两条车道之间的一棵法国梧桐的树荫下，三人野餐。茹斯蒂娜、内乌莎和阿基里斯去集市上一个唱片摊淘货。当时是下午三点半，气温三十八度。他们在肮脏的草地上坐下来，打开一包薯片。姐姐分发猪扒包，为弟弟和女儿打开汽水，好像他们俩无法独自开罐似的。阿基里斯摘下帽子，伸开双腿。疤痕暴露无遗，但母女俩不再感觉惨不忍睹。在她们面前，阿基里斯似乎更年少了，不像是一个二十二岁的小伙子。母女俩使得阿基里斯在时间中回溯，自我感觉纯真无邪。内乌莎掰着薯片，觉得舅舅是同龄的朋友，自己到这里来是陪他度夏的。芥末和油脂沾得满身皆是，一家三人在彼此面前肆无忌惮地大快朵颐。

汽车从花坛旁的道路驶过。三个人在树荫下忙着大吃大喝，白齿开开合合，为通行车辆打着节拍。他们在城里走了一上午，寻觅着拖鞋、母女俩的护发用品、一件似乎只存在于茹斯蒂娜想象中的丝绸衫，还有棕榈油。法国梧桐的树荫宛如一片绿洲。汽车在信号灯前放慢速度，一些司机注意到这三尊坐立的黑色雕像正在野餐。水足饭饱，精力恢复，一家三人望着汽车里一张张心不在焉的面孔，嘲笑对方挖鼻屎或是对着镜子匆忙涂口红。他们知道不久后绿灯就会亮起,自己不会因为放声大笑被别人算账。然而,说不清到底是谁在观望着谁,因为对方从旁驶过,也可以看到他们。在对方眼中,他们是三个漫无目的的可怜鬼,是一家假扮成人的黑猩猩。

茹斯蒂娜靠着树干、倚着弟弟的膝盖安然小憩。阿基里斯近距离看着闭眼睡着的姐姐,注意到她的雀斑。从来没有女人在他怀里睡觉。她的呼吸温热,令他好奇心发作,想摸摸她的额头。但当手指靠近时,她像受凉似的翕了翕鼻子。内乌莎胡乱哼着歌谣自娱自乐。她不耐烦起来,揪起一根杂草,在母亲鼻子上来回摩挲。母亲仍然闭着眼睛,一脸严肃但并未生气,用粗嗓门对她说:"喂,内乌莎小姑娘,别这么干,否则我吃了你!"一家三人懒洋洋地站起来,拍拍屁股,捡起垃圾,看向四周。五排汽车还有一列列等待公交车的行人,一场由移动的点和线组成的壮观芭蕾舞。

没有人造访天堂宅院,茹斯蒂娜的部分身影因此留在院子的台阶上,与她不复相见。假期只有两个月长,但是茹斯蒂娜业已体验身处无人相识的地方是何种自由。她知道自己不会遇到任何熟悉的面孔,因而得以在街上轻盈地漫步。

在罗安达,她从不可能做自己。在天堂宅院,她待在院子里,为清洁和一日三餐操劳,鲜少出门探险。然而,其他人都已入睡的时候,这个女人就可以怡然自得,因为除了父亲、弟弟和女儿,没有人能猜得到她身在何处。她把家人视为自己躯体的延伸，而不是心怀好奇的陌生人。她坐在台阶上，面朝一片荒地，已经为自由地死去而准备就绪。如果盯着荒地看一会儿，她会因夜晚荒地的晦暗而眩晕。她业已发现自己与世长辞的心仪场所和理想时刻，这是一个无人知晓她的姓名或下落的庇护所。

发觉最终归宿而获得的快乐留在了里斯本。似乎只有在死亡显露之后，在劳碌和疲惫将尚存一息的她压垮的时刻，她才能获得自由。在这一点上，她和弟弟还有父亲相似。他们如今也知道生活在一个无人相识的地方是何种境况。

凌晨三点已过，一支支烟抽完，她依稀听到荒地里有声音在呼唤自己。是困意在说话。在天堂宅院无人认识我们，无人再会坠入爱河。呼唤她又有什么用呢？茹斯蒂娜返回罗安达，把这种自由的味道留在了里斯本。她身处另一个半球，坐在黑暗的未知处，死去的时候不会不知何为浑浑噩噩苟且偷生。

随着茹斯蒂娜和内乌莎返回罗安达，卡托拉·德索萨被母女二人陪伴的夏天于八月底告终。井井有条的家里失去母女俩的欢笑嬉闹，一片寂静。月光下的夜晚不再有。如今，家中的一切都有了各自固定的位置。以前锁在行李箱里的衣服已被清洗熨烫，摆在茹斯蒂娜用旧纸板箱搭建的书架里。各种文件整齐排列在厨房写字台的三个架子上。灶台开关擦拭干净。厨房的橱柜里铺着塑料纸。在佩佩酒馆赊欠的账务已经结清。枕头晒干，散发着洗衣皂的味道。一股洗涤剂淡淡的清香掩盖了霉味。返程前夕，女儿给父亲染了头发和胡髭，修剪了胡须。夜幕降临，一支白色蜡烛被点燃。这是茹斯蒂娜的主意，她热衷于将一切变成浪漫的场景。

茹斯蒂娜甚至在客厅桌上留下一朵紫罗兰，命令父子俩把它放在摆花瓶的托盘里并记得浇水。但是花被遗落在暗光之处，随着冷天来临而干枯。在天冷的日子里，弟弟出门上工时经常忘记打开百叶窗。片片花瓣干枯暗淡，沦为小顶针状的烂肉。

一周之内，父亲又变得邋里邋遢。没有人为他拂去头发上的尘絮，也没有人为他熨烫衣领。再没有人唱起波莱罗舞曲，也没有人再讲起老故事。一切都复原如初。棉签被遗落在房间某处，牙膏用尽，秋天到来。茹斯蒂娜抵达罗安达，置身于父亲和弟弟幸免于难的全国内战①之中。她的行李箱里装着一封给母亲的信，还有卡托拉在服装店买来送给妻子的一个薰衣草香袋。卡托拉终归沦落。三个星期里，他以罐头为食，在桌边打嗝，用折刀剔牙。

一个格外冷的九月的最初几日，父子俩再度回到里屋的双人床上睡觉，因为阿基里斯在自己的小房间里冻得睡不着。如果儿子在夜半打鼾，父亲就大喊："闭嘴，猴子！"风对着客厅的窗户整夜呼啸，把阿基里斯从睡梦中

---

① 从1975年持续到2002年，战争双方是安哥拉独立战争时期的两个主要党派——安哥拉人民解放运动（简称"安人运"）和争取安哥拉彻底独立全国联盟（简称"安盟"）。

吵醒。于是他坐在棚屋门口的台阶上,披着毯子想念姐姐,好像在回忆一个外人的意外造访。但是夏天业已结束,他说不清茹斯蒂娜和内乌莎的来访是不是一场梦。姐姐的笑话听起来像寓言,外甥女的笑声在远处听来有如一个濒死之人的抽搐。纸板箱搭成的书架被毛料外套压垮。脏衣服堆积起来。一日清晨,父子俩忘记了关窗,一只鸽子飞入家中。

第三十三章

妈妈：

我不知道要过多久才能忘记我们的土地。现在我在这个村子里醒来，在建筑工地上度过一天又一天。一大早我就坐上第一辆大巴，然后转搭莫塔的面包车。这里没有什么事情发生。一整天我都坐着面包车，等待抵达目的地。和我的家乡一样，这里也有小鸟和蝉。日复一日，即使短暂也显得漫长。我始终想着我们俩，自始至终。我就想让你见见尤里。他和佩佩简直是我的快乐之源，几乎可以让我忘记所有烦恼。罗安达变了吗？我的城市啊！我甚至觉得它已经面目全非。就如同一场梦。或者说它在远方注视着我。遗忘无需征求许可。我背井离乡，什么都看不到。记忆力正在衰退（我也一样！）。这里的一切都相距更近，但也更小。我路过佩佩师傅的酒馆，稍作停留然后回家。工地上的工友全是小孩。但是下班后，我就不去想工作的事了。

我们通常待在家门口听泽·迪亚博演奏手风琴。在我的想象中，自己曾经听过这支乐曲。他简直是个艺术家！你的阿基里斯闷在房间里，他下班后几乎不出门。我不知道他怎么看待我，但这不关我的事。

我上个月买了一盏台灯。我的女王，我还没有买给你的礼物呢。我一直等待圣诞节到来，想要给你寄去一条金手链和一个新的温度计。也许吧。也有可能是一盒巧克力糖，但寄到的时候它们没准儿都压碎了！

你在房间里独享这盒巧克力糖，妈妈。一想到此，我就感到欣慰。巧克力糖寄出之前，我们暂且全凭幻想吧。

上帝保佑你们。为你的丈夫祈祷吧，妈妈。

你的
卡托拉

第三十四章

阿基里斯仍是一脸稚气。凹陷双眼周围的黑眼圈透露出他时常失眠。他的嗓音已经变粗，有时候甚至会破音，就和任何一个身处变声期的男孩一样。他几乎没长胸毛，也从来没约会过。似乎他并不急着长大，或者说他内心的某样东西迟迟未至。

如果说在住院的年月，他还唏嘘喟叹自己竟误以为撒哈拉沙漠广阔无垠，如今他则认为自己被赋予了神圣的视角，一切都绝非偶然。病态的脚踵不是偶然，他因此更加笃信自己生来就被烙上了标记；盘底数出的一片片香肠不是偶然；父亲的过往不是偶然，从中得以窥见卡托拉的各种过失，因此被他当作秘密。一位奇迹之子从阿基里斯这个可怜虫的身体中脱胎换骨，而改头换面过程中的坚韧不拔就是他的勋章。

他漫步于天堂宅院，确信自己在此只是过客。青春期的勃勃生气使他认为，没有什么能让自己与其他安哥拉人混为一谈。他希望一道闪电能烧毁这一切，却从未考虑事若如此，自己将无处可去。对于父亲，他不以为意。父亲认为自己令家族光荣的过往蒙羞，如今在一个仅存于梦境中的里斯本生活。

可以留给阿基里斯的东西，卡托拉什么都没有。没有一条金链子，也没有一块表。没有一把剪刀，也没有一本书。他觉得自己像一块破布，死亡就在尽头。他曾经拥有的一切都无法通过时间的考验。终末临近，无论是自己一幕幕丢人的场景，还是和儿子一起吃过的桃子，无论是对彼此尚未道出的话，还是窗台边的晚餐，哪怕是等待都无济于事。上述一切都映射出他的失败。没有什么因他而改变，他的所学也没有传授给任何人。他把食物摆在桌上，却对羁绊的断裂放任不管。他甚至不曾把自己的语言教给儿子。出于羞愧，他克制自己不去成为阿基里斯的交心对象。他躲在屏风后面，不让弱点示人。

已经来不及了。儿子既不听父亲的话，也不想被他的圈子所接受。他装作听不懂父亲在说什么来应付对方。卡托拉害怕儿子得知自己的出身，于是扮作他人的角色，阿基里斯对此习以为常。男孩将父亲视为一个蛮横的室友，把父亲的勇敢当作自吹自擂，剩余的一切都当作懦弱。过错全在于卡托拉本人：他禁止儿子了解自己的过往，害怕对方一旦获知，自己就无法昂首挺胸，顶天立地。

阿基里斯坐在院子里，举起两个十公斤重的哑铃。父亲在窗边监督儿子训练举重，像是在观察家族中首位单人纸牌玩家。他猛然反胃作呕，认为儿子被剥夺了知晓父亲过往的权利。

卡托拉像同他人说话一般，对厨房里的家具不停说教。他貌似听到了什么声音，对二十年前的头条新闻评头论足，把为自己举办的庆祝晚宴拟邀名单补充完整，然而举办晚宴的海鲜餐馆已经倒闭了几十年。他对着虚空口述要写给报社主任的信,在预备队向将军们致敬,回忆起对于明信片上的性感女郎柏拉图式的激情。在里斯本度过的第七个秋天,阿基里斯认定父亲败局已定。他没有挑明这一点,而是把父亲当作移民者打发,却拒不承认自己也是相同的处境。在里斯本的七年里,卡托拉醉心于口齿之欢,每当要抬高嗓门就会被呛到。

晚饭过后,儿子走进浴室,吹着口哨洗澡。父亲如同偷窥客人沐浴一般,在门外听着他的响动,随着水流动而紧张起来。"当心煤气,猴子!"他对儿子喊道,然后就回到客厅,捶打桌子一拳,出门再醉醺醺地回来。

他来回搅动着钥匙,始终插不进锁孔。"消停点!"隔壁的棚屋传出了大喊。阿基里斯开灯到门口迎接,发现父亲满身酒渍,烂醉如泥。每到这种场合,他的一身肌肉和对父亲的爱就派上了用场。他搀扶着父亲,被对方喊作"遭雷劈的无赖"。儿子拖着脚步穿过狭窄的走廊,把他带回房间,安顿在床上,为他脱下靴子,用手摩挲他的额头,让他闭上眼睛。"睡吧,我的老爹,睡吧。明天又是新的一天,都会过去的。"而卡托拉则像个孩子打起鼾来。

第三十五章

　　格洛丽亚的便笺一字未写,但她的唇印背后是对卡托拉远在他乡的怨恨。他似乎渐渐将罗安达从脑中摘离,也不去关心她是否能在战争中幸存。格洛丽亚日益好转,打电话的口吻就像一个小女孩在成年人的晚宴上炫耀才艺。"知道吗?爸爸,我已经可以自己写信了。""嘿,爸爸,我已经能站起来了。"妻子的康复令他不适,冷却了自己对她的任何一丝欲望。对于妻子的再度渴求,他渴望怀抱的不是一个女人,而是自己对其倾囊相授的学生,就像父亲对待女儿一样。她重新学到的东西越多,他就越干瘪。待她恢复到一如往昔的那天,他将孤身远去。他已经习惯了妻子的依赖,甚至希望对方能永远做自己的病人。多年已过,她的复苏如同一位失踪亲戚的归来,非但没有带来美好的回忆,反而不明白自己已然无人相识。她回来了,对于他想忘记的一切她都记忆犹新。她回忆起莫萨梅德斯,还有他蜂蜜色的双眼,而如今映在镜中的同一双眼在他看来却如同两个破纽扣。他希望格洛丽亚病逝在床。这并非出于歹念,而是若非如此,他就没有条件继续做人。她在信中对他写道"幸福永伴",而对方却希望她永久长眠。只有这样,他才能在她身旁守夜。他会为她寄去杆菌肽软膏和薰衣草香皂,一直到她死去。作为回报,他也会从过路的陌生人手里收到罗望子果、小袋烤花生、腐烂的鱼这些来自死者世界的馈赠。

运送员们带着包裹来来往往，全然不知里面装的到底是什么：是文件还是死亡证明，是氧气还是希望、恐惧或悔恨，抑或是奴隶解放证。

信笺不时由旅行者捎来带走。收信时如果丈夫恰巧怡然自得，就在回信中写几句甜言蜜语。妻子则翻来覆去把信件一读再读，读着其中的叮咛嘱咐，也读着丈夫模仿聂鲁达风格给她写的几句情诗："格洛丽亚，我的小燕子。""我的糖海豚，给你寄去一件新短裙，是利贝尔塔太太送的，应该会合身。"但是每到打电话的时候，卡托拉就变了个人——一个未同妻子一起变老的老人，原来他还那么年轻。

张张信笺塑造出一份单相思，被格洛丽亚保存在床下的铝箔盒里。其中很多封信杳无回应，还有很多封未能寄出。

卡托拉沉浸在格洛丽亚勉强写下的字母 p 和字母 f 上，停留在她将字母 i 的圆点画成的爱心中，发觉自己没有给予对方相同的付出。他把这些便笺在家中随处乱扔，塞在旧报纸里，或是遗落在厨房发霉蒜头旁边的橱柜中。并非是爱情败给了距离阻隔，而是格洛丽亚在他生命中的分量还不及雄心受挫而发出的埋怨，不及他难以承认的愤恨——出力建造的高架桥上没刻上自己的名字，一队工程师的姓名如今在标识牌上取而代之。

附有格洛丽亚唇印的信纸被遗忘在虫蛀的书本里。那些吻来自一个抱臂拥抱自己、独自排练接吻的女孩。卡托拉甚至没有嗅闻信纸去寻找她的气息。他知道格洛丽亚尚存于世，然而自己和妻子、生和死他只能二者选一。

第三十六章

收音机里播放什么并不重要。对父亲来说,他听到的一直是一首梅伦格舞曲。阿基里斯躺在房间里的床上,对着天花板扔篮球。他枕着拐杖,用它当枕头。卡托拉摇摆,踏步,绕着想象中的舞伴转圈,自己也随之旋转,扭臀,疲乏。他不在乎街上是否有人注视。有一天,他和佩佩都酒到微醺,两人一起跳起了舞。他们将客厅的桌子移开,相互依偎。卡托拉挺得笔直,像舞厅的舞者一样优雅。佩佩先是打趣地模仿弗拉门戈舞者,但很快便专注于保持平衡。他们仅剩的清醒都用于当心脸碰脸,尽管两人还手牵着手。阿基里斯坐在角落里笑个不停:"这两个老家伙简直太没羞没臊了。"但某一瞬间,他猛然噤声,听着音乐入了神。看着二人手挽手,踮着脚,如此专注,竟为自己的大笑感到羞愧。

一时间,他们的步调变得协调。佩佩的肚子顶着卡托拉的腹肌,非洲老人的膝盖引导着加利西亚人的步伐。

*

男孩停止大笑。时间过了应该有两分钟,一种悲伤油然而生。他对两人的友谊感到羞耻,认为它过了界。在他看来,佩佩就是个粗汉。粗糙的手,脏兮兮的裤子,同情心泛滥。他感觉自己被父亲背叛。他们已经不再是两个男人,反而成为过于亲密的一家人。

这不是一个人的肚子顶着另一个人的胃部,而是两个朋友将衰颓背负在身,连意欲扭转它的勇气都没有。卡托拉闭目片刻,他对于彼此的酒气毫无察觉。两人脸碰着脸,佩佩的胡子摩擦着他的胡须,把他刺痛了。收音机里的慢舞曲已经结束,转为播放新闻。两人停下舞步,暂时分开。"喊,你们这两个老家伙就差接吻了。"阿基里斯一脸不快。他们俩惭愧却喜悦,好像一同旅行归来,目的地是儿子无法同行的地方。卡托拉浑身是汗,衣衫褴褛,双眼湿润地看着佩佩。对方眼中的黑人就和当初一样,腼腆而寡言,仿佛是惹了麻烦或是言行失当。他们已然跨越了界限,无意间打破了言语的藩篱。他们不是在往返于过往,这并不难,而是暂且原谅了当下。

第三十七章

那年秋天，巴尔博扎·达库尼亚医生不再接听卡托拉的电话。他以问诊、到乡下度周末和坐骨神经痛为由搪塞。朋友以无限的耐心在电话亭里一次次向他致电，又一次次放下听筒。一段时间后，诊所换了地址，再也没有人提起打野兔、鳕鱼配杂烩或米拉·德艾尔镇之行。卡托拉常在入睡前想象自己和昔日伙伴再度相逢，他没想和对方当面对质，而是幻想着两人面对面打牌。他想和对方讲讲阿基里斯，想要告诉别人儿子已经完全适应了里斯本和工地的工作。当然他还有佩佩可以倾诉，但他渴望得到自己第一段人生——那真是一段幸福的人生——中某个人的认可。他渴望告诉对方自己妻子的日益好转，她在电话里似乎越来越跛扈；他渴望怀念起昔日时光，即使产科医生对过往置之不理。卡托拉在昏昏欲睡时回忆起往昔，想象自己将一勺番石榴酱送入口中，但是往日时光并没有他想象中那般甜蜜。被别人看到和自己在街上同行，巴尔博扎·达库尼亚是否会感到羞耻？卡托拉站在对方面前并未自惭形秽，即便穿着破旧的衬衫、破洞的针织马甲，还有自己在晚饭后如渔夫补网般修补的袜子。

如今看来，在莫萨梅德斯一次次晚宴上的昔日舞蹈如同追丧之舞，散发着悔意，而不是椰蓉和雪茄的味道。两人的友谊也像屠夫注了水的秤，但他并不愿意对此妄下评判。归根结底，他拎着塑料袋走在街上，也会为自己感到惭愧。即使是他本人，也曾因为和阿基里斯同行而汗颜。儿子脚缠绷带曳步而行，脚趾外露，长指甲被白色的碎石路衬得过于暗淡。卡托拉多少次酩酊大醉，就是为了忘掉自己有个铁项圈般拴在脖颈的拖累。

卡托拉想象在不曾与自己见面的假日和年月里，产科医生过着怎样的生活。反观自己肩负着跛脚的儿子，相形见绌。得知巴尔博扎·达库尼亚忙得不可开交，卡托拉浮想联翩。他想象着自己灵魂出窍，在禁猎区漫游；离开里斯本，去酒厂纵情豪饮；在全国各地旅行，坐上公交车，两腿之间发出的气味便被嘴里散发的龋齿和劣质酒气息掩盖，不再明显。朋友的疏离使他感觉惨遭抛弃，却又心存感激。

阿基里斯没有告诉父亲：自己在光复者广场看到巴尔博萨·达库尼亚医生和一位女士坐在露天咖啡座里。女人身着一件衣襟打结的淡紫色丝质衬衫，套着一件灯芯绒外套，裹着长筒袜的肥胖脚踝被强行塞进过时的半高跟鞋里。男孩走到桌边，向医生问好。"抱歉，我没有零钱。""巴尔博萨·达库尼亚医生，是我，阿基里斯，卡托拉·德索萨医生的儿子，来自莫萨梅德斯。""对不起，伙计，我说了什么都没有。请你走开。"女人被这个彬彬有礼的乞丐吵得心烦意乱，于是打开零钱袋，却无意间将一颗珍珠母纽扣当成硬币掏出，递给阿基里斯。路过罗西奥广场，阿基里斯一脸鄙视地将它扔进了喷泉。

第三十八章

那一年,卡托拉中了佩佩酒馆的圣诞礼篮。没人知道这个结果是好运使然还是出于友谊。那张神奇的抽奖券是第一批次 135 号,老人把它贴在冰箱门上,以便日后想起。在众人瞩目下,酒馆老板从柜台的架子上取下柳条大篮,如传递奥运火炬一般把它递到中奖者手里。一张布满灰尘的黄色玻璃纸包裹着一条鳕鱼、榛仁糖、饼干什锦、一瓶波尔图红酒、一罐橄榄、阿利坎特[①]的牛轧糖、一本日历还有两根香肠。

卡托拉走进家门:"阿基里斯!咱们赢了!"儿子拆开礼篮,解下蓝色大蝴蝶结(还把它挂在自己脖子上)。

鳕鱼浸泡在洗碗槽里,四颗榛仁糖被当场吞掉,橄榄和香肠存放进厨房的碗橱,摆在盘子旁边。"阿利坎特?这是什么东西?"牛轧糖包装上印着镶有金边的西班牙语单词。卡托拉边问边打开红色包装,双眼如两颗钻石般闪耀。他用口袋里的剃刀在板结状的白色糖块上给两人各切下一小块,然后把自己那块塞进嘴里。"我靠,我的牙齿可经不起这种玩笑。我得坐下来嚼。"

"哎,爸爸,咱们好像又过回夏天似的。茹斯蒂娜姐

[①] 西班牙巴伦西亚自治区的一个省份。

姐要是在这儿，她准保会拿这玩意做奶油焗鳕鱼。"卡托拉没有回应儿子，而是全神贯注地舔着指尖，上面还有苦杏仁的味道。他咀嚼着嘴里的牛轧糖，用门牙慢慢把它咬成碎玻璃状。阿利坎特的牛轧糖既没有使他重回童年，也没有把他送到未来或是送回夏天，而是送进口中。他曾经认作美味的一切在口中络绎不绝，再次触手可及。吞噬着他的并非回忆，而是与感觉近在身边却不曾见过的事物切实可感的联系。是他的各种愿望，时而伪装成贪婪，时而假扮成羡慕，在眼前起舞。只能预想却没能得到的快乐；梦想送给妻子和孩子的礼物；想要买到的小船；希望与阿基里斯同行的摩托车之旅；为儿子继续缴费上课，如果他还有意继续课程；和某个女人共度良宵，自从格洛丽亚抱病，他就再也没有过那种夜晚；孙子孙女，还有梦寐以求教给孙辈的所有；一张窗边的桌子，供他伏案写写画画；原本想学习弹奏的吉他，还有和朋友们围着篝火唱歌的夜晚……愿望凡此种种，不一而足。他嚼着牛轧糖噎住了，从异想天开中清醒过来时，看到儿子正吃着橄榄罐头。"圣诞快乐，阿基里斯师傅。咱们这艘三桅帆船就要到里斯本了。"他用颤抖的声音告诉儿子。"陆地在望，爸爸。我们就要到了，我的老爹。"

第三十九章

我的爱人：

迪尼奥先生来家里买家具，是茹斯蒂娜把他叫来的。情况太糟糕，各种接济我们都欢迎。他们带走了卧室里的梳妆台还有我们的口红。

现在，我无法像以往那样独自坐在床上对着信纸印唇印了。

我的嘴唇不再美丽，连我都不喜欢看着镜子里的自己。我只能通过手指触摸来感受嘴唇，这让我想起咱们俩在房间里摸黑度过的那些夜晚，尽管如今全楼一股臭味。每到夜晚，臭味甚至更重。

看到了吗，爸爸？我写的字又变得那么漂亮了。茹斯蒂娜通常在床上留下一个托盘，供我趴在上面练字。除此之外，我就不知道该从何说起了。我有太多话想说，然后就有点语塞了，一团混乱，开始头疼。我得耐心点，对吗？

我都忘记问你是否一切都好。我今天太失礼了，是吗，爸爸？我就躺在这张床上，但等我把信封封口，写下地址，一切就会再次暗下来。

幸福永伴。

格洛丽亚

第四十章

傍晚时分，下工之后，人们开始洗澡涤洗思想。阿基里斯回到家，想着自己的付出一文不值。整整一天，他鲜少能够忘却自己的身体。建筑工地的其他男人都比他更灵巧。他不甘落后他人，忍痛挣扎着。因为把全部重量都压在健康的身体一侧，他的右脚上有个开裂伤口长期不愈。他的右腿肌肉发达，左腿胫骨发育不良。赤身裸体时，他看起来一半是男人，一半是男孩。他被一分为二，一半是儿子，另一半是过失的产物。他做的一切都是为了提高速度，他也因此学会了伪装自我。他竟然成为第一个完工的人，第一个到家的人，但他也知道自己正在一点一点杀死自己，正在未老先衰，身体将在回家途中垮掉。他生来畸形，但想要在燃着之前把自己熄灭，则需要长到青春期。于是他咬牙切齿地出力使劲，自我伪装以便不落人后，以此度过日复一日。右腿的伤痛化为内心之痛，使他感觉自己伪装成了他人，他并不应该生来跛足，但也并不知道自己是谁。

适逢星期五，但是莫塔没有付工钱，得等到下周。他坐上开往大坎坡区的面包车。"我想把她剥光。"有人抛出一句，其他人淫荡地望着窗外，注视着一条短裙在奥迪韦拉斯的风中飘摇。面包车摇晃着，飞速驶过公路，扬起的风把短裙掀起。车内收音机播放着新闻。正值高峰时段，阿基里斯跳上人行道，差一点摔倒。他毫不在意身旁的父亲。父亲没有开口，而是用眼睛对他说："救救我，儿子，救命啊。"

阿基里斯仿佛孤身一人乘坐公交车回到天堂宅院，耳中塞着耳机，皮肤褶皱，双手干枯，双脚沉重，一身燥热，如同置身水下般不安。感觉自己处于众目睽睽之下，浑身不适，如同照着 X 光被他人观察，身体内部可以被看得清清楚楚，而别人却裹得严严实实紧贴着他。

他站在花洒下揉搓着自己，好像要把自己弄伤，而卡托拉则坐在客厅桌子旁，翻阅着体育报纸，在纸上写写画画。他太累了，都不知道自己写的什么。当天是星期五，厨房里有一股腐臭。父子俩没有什么用来充饥的，也没有什么可看——他们已经将电视变卖。父亲躲进房间，饿着肚子上床睡觉。

花洒里的水落在阿基里斯头上，一个个梦再次浮现，但越来越零乱。他洗完澡，用体香剂给头发除臭，在脚上涂抹润肤霜，穿好衣服，饿着肚子走上街头。

在罗西奥广场，人们还在回家途中。阿基里斯漫步徘徊，仿佛刚刚离家出走，仿佛把父亲抛在身后。前胸贴后背是他在市中心对卡托拉的唯一记忆。父子俩因饥饿而被紧密联系在一起。

里斯本获得了姓名和形状，成为了他的里斯本。眼下日暮西山，形状消解，城市里弥漫着一种难以呼吸的气体。他如一条瘸腿狗般在城市中嗅闻游走，他是流浪狗的王子。说到茕茕孑立，无人可敌阿基里斯。他吸气鼓胸，迎风抵抗。他感觉自己洁净无污，涤洗一新。他闻到头发上的体香剂味，顺势将风吸入鼻翼。他无所不求，无所不冀，无所不能。他是在里斯本发现自己孑然一身的男人。

街道逐渐排空，他旋即泄下气来。如同那条瘸腿狗，已经不抱被人带回家养的希望，在走下小巷的光景，就从巨人萎缩成蚂蚁。

透过街道上的窗户，他看到窗帘的另一边一个个家庭在室内吃晚饭，电视机在温暖的客厅里播放着，黄皮肤的老人们用死气沉沉的双眼凝视着大道，照片沉睡在尽里边的壁桌上。城市已死，他是最后一个活人。他不急着回家，去穿上散发着霉味的潮湿睡衣，去面对父亲的鼾声。因此，当月亮在特茹河上映出一片银箔，阿基里斯叼起一支烟，像个佃农般继续游走。

入夜，他卸下了恐惧：他披着城市的色彩，毫无负担地行走。他不怕被看到，没有人在意他。他身披鸽子的颜色、流浪汉的颜色、猫的颜色、索德雷月台上妓女的颜色。他看着她们经过，看不清她们的面庞、顺滑的腰果色直发，还有破皮的嘴唇；阿基里斯披着出租车的颜色，它们停驻路边，收听体育比赛直播。他还披着屋顶的颜色、雕像的颜色，还有天空的颜色。

阿基里斯是万物的亲骨肉，由与万物材质相同的大理石和黑玻璃制成，同样不为人知，没有形状。树木、长椅、教堂塔楼、死气沉沉的转售店面、墙上的海报、建筑工地的围栏，还有被人隐藏、栖息着秘密的井，他由上述一切的暗物质制成。

干吗着急回家？鸽子栖息在雕像上，在罗西奥广场睡觉。下雨了，广场的地面在灯火照耀下闪闪发光。阿基里斯是陆地上的水手，是没有故事的渔夫，是被香气熏染的本地人，是跛足的劳工。

我的好阿基里斯，你离家有多远啊？除了奥古斯塔街的遮阳篷、罗西奥火车站尿骚味的厕所和踉跄攀上的公爵长梯——那简直是给西西弗爬的楼梯，阿基里斯已然别无他所。他不急于有个家，也不着急拥有父母。夜晚将他拯救，使内心免受污染。阿基里斯披着夜晚的色彩，卸下了肩上生为自己的负担。

回家的时候，天光已经乍亮。他搭上首班公交车，困得精疲力竭。快到天堂宅院的时候，他闻到了烟味。救护车和警车将院子团团围住。发生火灾了。是哪座房子？是谁干的？爸爸呢？他跳下长途车，加快步伐，找寻熟悉的面孔，但是整个区域都被封锁。浓重的烧焦味。阿基里斯心咚咚跳，呼吸加快，头部阵痛。原来他家所在的地方现在是一个漆黑潮湿的洞，空洞而赤裸，赫然在目。什么都没剩下。"我的家，我的父亲！"阿基里斯抱着尤里的祖母大喊。"你父亲没事，他被送去医疗站了。别慌。"

第四十一章

烈火漫过房门,把门烧出洞来。橱柜的锁和把手都被烧化。厨房里的压塑板家具、茹斯蒂娜铺上彩色塑料纸的抽屉,还有一家餐厅赠送的日历——上面是两匹白鬃的母马正在阿尔卑斯山吃草——都烧得肿胀变形,噼啪作响。桌子、椅子、夏天搭起的纸板箱书架,还有摞有灶台的水果箱都被烧成了灰烬,因消防喷水化为一团有毒的油糊。沦为火箱的里屋也终于得以平息。卡托拉的床垫和枕头被烧毁。镜子和剃须刀片、给儿子擦靴子的鞋油罐和擦鞋布都未能幸免。就业记录簿、茹斯蒂娜折叠整理好的衣服、挂在墙上的小十字架、古龙水、可可脂、出生证明以及各种文件、笔记本、旧报纸、成包的烟叶、铅笔还有一本语法书也都被烧毁。小领结、插图百科全书、木勺、音叉、装满破东烂西的塑料袋、毛衣、钢笔、铁盒硼酸软膏和虎牌万金油、单镜片的半月镜、毛毯、毛料外套、那朵枯萎的紫罗兰还有格洛丽亚年轻时的照片都烧得只剩零星的火花。火焰上升到屋顶,点燃锌板,血色的火舌映衬着星空。火盆爆炸,厕所的蓝花瓷砖被熏黑。阿基里斯房间里的海报和一件羽绒服、一个圣安东尼像、书籍、收录两用播放机、唱片、录音机和电唱机的零件、内裤、一件夹克、运动鞋、成套的日历还有黑色公文包都被烧尽。卡托拉收集的各式小玩意中，只有一小罐"鸡眼立消"幸存，在口袋里随他一同被送往医疗站。他在医疗站吊了两夜盐水，还以为自己已经死了。

第四十二章

在失去一切之前,卡托拉和阿基里斯远不知道自己为什么来到天堂宅院,并在此停驻。历史把他们推到岸边,他们没有意识到自己已经抵达陆地。父子俩被丢在一边,既没有受掠夺者的尊严,也没有不幸者救赎自我的诚实。他们如同野草、智天使或面包屑般遭受遗弃,只拥有无可置疑的英雄主义和再次崛起的恩赐,以便日后在知晓他们存在之人看不到的地方东山再起。身为非法移民,他们没有手段伪造证件,只好躲藏在阴暗之处。全知的叙事者无法抵达父子俩的藏匿之处,无法一如既往因为获得独家见闻而沾沾自喜,或是由于进入禁忌之地而自吹自擂。

没有合法证件的生存状态如同一片迷雾,将阿基里斯和父亲庇护其中。父子俩因此可以安然入睡,不必感到如芒在背,不必担忧他人抢过话茬,对他们的伤痛和矛盾心情起起伏伏无动于衷。他们不必担忧他人不理解自己为何欲哭无泪,为什么故土的记忆在他们心中消失,为何犹豫不决,迟迟不归,又为什么毫无怨言。

在酒馆后门佩佩的棚子里,父子俩挨冻熬过一个冬天。这个只有动物才会栖身的地方却连特里斯唐都逡巡不入。父子俩盯着这座临时搭建的木笼,置身于一辆生锈的摩托车、几把笤帚、一台蒸馏器、几箱甘蓝菜和几桶红酒之间，逐渐和酒馆后门这个暂居之处融为一体。他们在午后打盹，不知道朋友佩佩当时在柜台前接待什么人，有多少醉汉被他劝服回家睡觉。父子俩不知道弥赛亚会过门而入。在这位死而复生之人造访之时，没有人能看到他们的脸。弥赛亚永远不会降临，因为他不知道如何去到天堂宅院。这个方寸之地太过遥远，敬畏上帝的使徒无法造访。没有一位使徒能从世界末日里拯救这片荒郊野岭，拯救它被遗忘的杨树，拯救它驶往城市大巴上的喋喋不休。从大巴上望出去，城市遍是白垩，没有轮廓，人们面目模糊，没有鼻子也没有下巴。没有全知叙事者和救赎者烦扰，父子俩暂且享有安宁。

无人进入父子俩的藏身之处，除了那位加利西亚朋友和他的狗。特里斯唐从未出卖这两位非法移民，因为没有狗知道如何告发非法逗留。除了佩佩，没有人可以看望父子俩，虽然这没有什么逻辑上的原因或者放之四海而皆准的理由。佩佩拖着疲惫的步伐走进棚子，给他们送来一碗汤、炖香肠和保暖衣物，对他们嘘寒问暖，不理顾客敲门造访酒馆。这位无名之辈遭受战争荼毒，并未身怀救赎他人的美德，但当他走近父子俩，因天光大亮而唤醒对方的时候，唯有他可以见证被友谊照亮的脸庞。

第四十三章

火灾发生之后的那个冬天，父子俩鲜少交谈。他们在清晨出发，一起去建筑工地，却好像并非同行。他们彼此扭过头去，避免目光交会。阿基里斯一坐上莫塔的面包车，就感到如释重负。他坐在其他男人中间，茫然漂泊的感觉得以缓解。全车人共有的困意使他心安。他用肩膀靠着他人的肩膀得到安慰，通过对照工友的面孔承认自己的身份。在工地上，他第一次感觉受到保护。只有在工地和院子里才有人知道他的名字。尽管如此，他们对他一无所知。被称作"工地的瘸子"甚至令他感到慰藉。他如今一无所有，畸形的脚踵就是他的标记，是他多次练习的签名，作为所遭苦难的奖赏，将他刻在他人的记忆当中。这场火灾把建筑工地变为唯一一处有意义的地方。两台起重机在天空中画出一条令人欣慰的边界，将无边的苍穹一分为二。

阿基里斯执着地祈祷，后来就对此厌倦。他一拳又一拳敲打着棚屋的墙壁，在夜晚出门去透透气，以免围着卡托拉团团转。在阿基里斯看来，父亲就是火灾无可置疑的始作俑者，因为他习惯晚上在家门口喝得醉醺醺再回来。在儿子眼中，寻酒作乐如同幻象的转轮，是停驻在时间里死者的消遣。

他看待父亲的方式也随之改变。两人角色互换：父亲成了被宠爱的讨厌鬼，成了套在他脖颈上的项圈。如今，阿基里斯对父亲恨之入骨，恨不得把他照顾到死。愤怒使阿基里斯变得殷勤。他照料着父亲，仿佛发现了自己的劫难，也找到了生命的意义。父亲喝得烂醉如泥，他会予其肩膀靠。如果卡托拉睁眼睡着，他就拂手让父亲闭眼，仿佛希望与他永别，同时又仿佛渴望守护他不受世界的侵扰。

只有在夜晚摸黑跟跄穿过街道时，他才感觉自己在万物中遁形，与楼厦的影子融为一体。在他眼中，楼厦里似乎是一片雀跃欢腾。他没穿袜子，衣着单薄地行走。他想象自己正在履行某项戒律，便有了力量，得以振作。他背负着身体的重量行走，先是这半，然后是另一半，避免身影映在橱窗和玻璃上。他在楼厦间穿行，在遮阳篷下躲避，在公共汽车站和树下躲藏，不是因为他想悄无声息，不留痕迹，而是为了像走进一座房子一样进入里斯本。

是回到父亲身边，然后看着他的双眼失去光泽，音量降低，在他的脸上看到自己的消失，阿基里斯转而渴望莫塔的面包车、淫秽的挑逗、残羹冷炙、打嗝和鄙视带来的温暖。是为了最终成为一个来自别处、去往他方的男人——"阿基里斯，那个黑人瘸子"。

第四十四章

妈妈：

我们的房子失火了。我们失去了一切，什么都没剩下。我们正在采取一切措施补救，暂时住在佩佩师傅那里。他可真是个讲义气的朋友。我们会找到解决办法的。

房东叫我们在九月把房子重建完毕，但她不给钱。这场该死的雨一停，我们就开始重建工作。

我只是想告知近况，让你不必从他人那里得知消息。我的妈妈啊，希望这些话能带给你主赐的安宁，希望你学会坚强。阿基里斯非常勇敢，他是我最大的骄傲。

下周我给你打电话。我想要借莫伊塞斯先生出行的机会把信交给你。他答应把这封信带去巴莱藏广场。这一次，我们什么东西都寄不了。

你的
卡托拉

第四十五章

卡托拉只在手上有一处烧伤,也许格洛丽亚的双手也因此改变。阿基里斯担心母亲去世时自己不在她身边,害怕全家重逢时她已经认不出自己。他在城市里漫游,时常将擦身而过的女人在脑海中同母亲做比较。也许她如今满头白发,身材更加矮小,像邻里的老妇那样月复一月愈加皱缩。

他想要向父亲打听母亲的情况,但却沉浸在思念中不敢行动。他害怕唤起卡托拉的悲伤,父子俩都难以承受。父亲常给他讲起另一个年代的事情。所讲的故事中,儿子辨认不出自己所认识的那个瘫痪女人。对他而言,格洛丽亚不可能是那些起伏转折的主角,他不知道父亲是否在胡编乱造,只为博他一笑。

父子俩躺在佩佩的棚子里,阿基里斯听着自己最喜欢的那对夫妇年轻时的铁事笑个不停。这是他的心情写照。他放声大笑,而这种笑只有父亲才懂得制造。卡托拉用哀怨的吹嘘回忆着夫妻俩订婚那几个月的冒险和不幸。每每故事讲完,阿基里斯就会像乞求大人把故事再讲一遍的孩子,请父亲再讲一次。

他审视着街上见到的女孩,把她们想象成那个激情四溢的妙龄少女。面对她们,阿基里斯却手足无措,无法表现出父亲对母亲一见钟情时那种笃定。与卡托拉初遇时，格洛丽亚正在莫萨梅德斯的院子里同两位表姐妹聊天。

阿基里斯想着等到自己结婚那天，他会把母亲接到里斯本来，这样两位老人就可以一同寿终正寝，而他则可以尽一个儿子的本分为父母守灵。

儿子按照父亲记忆中那个少女去构想格洛丽亚，无法想象她的老态龙钟，也没有意识到随着岁月流逝，母亲可能会死在自己怀中——这还算是最好的情况，而不是如他幻想的那样在里斯本过着美满而独立的生活。

自从开始和父亲一起上工，他内心的愿望就是买一张飞机票把母亲接来里斯本，尽管他很清楚自己并无法供养她。他也深知父亲太老又太累，无法在里斯本养活母亲。

阿基里斯梦想终有一天自己可以照顾父母，他们还如自己尚未出生时那般年轻。他想象自己拥有一座大公寓，里面有一间满满当当的储藏室。他把自己想象成一个成年男子，为那两个尚处人生早年的年轻人当爹当妈——这是他的责任。他似乎希望自己受到命运引导，成为自己双亲的父亲，负责他们的每月零花，因为二人晚归耳提面命，仿佛自己有义务监督格洛丽亚和卡托拉恋爱，审视他们在星光下牵手散步的一个个夜晚，守护他从她那里偷来的吻，还有送给昔日的格洛丽亚、被她挂在耳后的花。

阿基里斯漫步里斯本，怀念的正是这两个相恋的孩子。他边走边尝试通过容貌和步态识别自己的同胞，好像猜出谁是安哥拉人会令他觉得自己还有前途。傍晚时分，在市中心的某个地方，独行的女人们畏惧阿基里斯蹒跚的身影，害怕他跛足而黝黑的体态，躲开他换路走。阿基里斯享受着晚风拂面，幻想着父母昔日的恋爱，无暇对他人倾心。里斯本的生活不过是赋予阿基里斯生命的两位老人颐享天年最终命运的序曲。双亲可能将他视作无赖，但在自己心中他已经是阿基里斯爸爸，多年前卡托拉已在罗西奥广场的樱桃酒酒吧门口承认这一称号。

人们在广场上观看鸽子在喷泉里洗澡。这些鸟迈着坚决的碎步走到喷泉边，飞到水面，咕咕叫着落入水中。然后它们弯下小脑袋浸入水中，啄了啄羽毛，又飞回人行道上，在阳光下扇动着翅膀，粗鲁地来回扑棱。自始至终，它们都是满眼疑惑，不知道自己在干吗，但也别无他选。有些鸽子莽撞冒失，竟然爬上喷泉，任绵绵水花将自己淋湿。它们似乎不再对生命希求什么，同时似乎也不知道自己到底想要什么。一只又一只，浑身湿透，羽毛紧贴着身体，走近一只雌鸽，向它求爱，即使被蔑视也不以为然。它们有种神秘的自我意志，阿基里斯想。他看到它们时而毅然决然，敏捷地上蹿下跳；时而漫不经心，双眼直勾勾，毫无生气，仿佛忘记了片刻之前是什么为它们带来了快乐。乍眼看去，这群鸽子杂乱无章，似乎与广场四周行人车辆的步调格格不入，实际上它们却整齐划一，似乎在编排舞蹈。它们全员参与其中，如同芭蕾舞团的舞者，各自都有相应的角色，但是这种水乳交融的感觉很快就被零落的飞行取而代之。它们带着湿润的羽毛远离彼此，仿佛并不认识对方，随即将同伴换成了电线或是佩德罗四世雕像的肩膀。

阿基里斯所考虑的并非未来，不是自己终将拥有的子女，也不是等待着他的女人，而是将自己甘愿放弃的前景赋予双亲。也许自己最终成为儿子就意味着不能再去设想父母的死亡。在遥远的彼方，年轻的格洛丽亚带着一种欲言又止的激动，等待着卡托拉和自己的初遇。她还不知道生活行将发生改变。而在更加遥远的地方，在自己心中隐藏的平行世界里，阿基里斯透过窗帘监视着格洛丽亚，命令她进屋去——好像身为一个儿子，他可以打破历史进程，阻止自己的出生。

第四十六章

喂,爸爸,能听到吗?这里的日子也很艰难。对,也很艰难。通信中断了。是的,莫伊塞斯先生把信送来了。这么多烦心事,父亲,我简直搞不懂这生活了。是的,是的,爸爸,我在听。我们会继续等。一切都烧了吗?都烧了啊。好的,我会坚强起来。好的,我会保持美丽。是的,我知道你会来接我,我的父亲啊。我的男人终会为我而到来。嗯,好的,我会勇敢起来。姑娘们也是。我们还好。好的,我给你写信。我要吃饭了,面包配茶,有时候吃罐装香肠。没事,这都不算什么。我还困呢,才醒不久。不,不是我胡思乱想。上帝什么都知道。是的,我的上帝。我相信他,是的,爸爸。好的,我会加油。有时候,只是忍不住伤心。但你们打算什么时候回来?再等半年。好的,我会的。行,会好起来的。会一切顺利的。好的。亲吻你,要掉线了。亲吻你,爸爸。好的,我会一直漂亮下去。

第四十七章

三月伊始,安哥拉父子俩开始着手房屋重建。佩佩倾力相助,全心投入到这项工程中,仿佛自己的生活好坏取决于此。院子里没有人对"小妖"的善意感到惊讶,而是将其视作理所应当的事实。

这就是友谊。

工程启动,佩佩就放弃了打理酒馆柜台。他戴着一顶鸭舌帽自我伪装,到处去找砖头。在山顶村那边,在建房屋如雨后春笋。虽然自己并不乐意,阿曼迪奥还是陪同父亲四处寻砖,而酒馆则由尤里负责。父子二人把车停在建筑工地后面,插着钥匙不将车熄火。如果建筑材料并非废弃物,如同留在桌上喂鸽子的残羹剩饭可以任意取用,父子二人只需跳过铁丝网或者撤掉围栏便可得逞。

佩佩在面包车里等待,通过后视镜看着蠢蛋儿子每次仅带回两块砖。阿曼迪奥的大肚子随着他的摇摆而起伏,挡住了父亲的视线——他正在面包车里对镜剔牙。"喂,我的蠢货,看看你那熊样儿。你是女孩啊?"儿子红着脸,运动鞋踩着沙子,加快了偷砖返回的步伐,仿佛他必须展现力量向父亲证明自己,仿佛父子间的沉默结局是牺牲他人换来的最后机会。阿曼迪奥翻过那堵墙,来来回回不止一次摔成狗啃屎。他太累了,都顾不上害臊。还有一次,他紧紧抱住一袋水泥,仿佛那是他从海难中拯救的父亲。颠簸往返使他感到饥饿。如果说佩佩从未在儿子身上发现自己青睐的猎犬特质,如今两人都成了盗贼,父子间至少因为在傍晚驾车来来回回而产生了联结,这是喜忧参半的唯一结果。对于安哥拉邻居的这一馈赠,父子二人无以为报。

卡托拉让建筑工地上的一位油漆工还人情——他曾经为对方治疗手臂上的刀伤,于是作为报答,三个小伙子帮助卡托拉等人从建筑工地运来一袋袋沙子和水泥,还有一些工具。工程尚未初具规模,棚子里的建筑材料就已堆积起来。面对堆积的麻袋,阿基里斯幻想着这项大工程,忘记了院子里空间有限。建筑材料不多,但是群策群力使众人暂时怀抱假象——他们已经做好准备,去建造他们梦想中的家园。

四月初的雨连绵不断,浸泡着烧毁的棚屋,工程迟迟无法启动,连剩余的地基也坍塌瓦解。在过往的客厅中央,一摊黑色的积雨裹挟着垃圾,让人想起经历了甲板上火药爆炸的海难幸存者。

那几个月,山顶村顶部正在建造一处新的耶和华见证人王国聚会所。那是佩佩最喜欢袭击的地方。从这些敬畏上帝的信徒那里偷取水泥带给他一种特别的快感,仿佛自己是在为连年累月的痛苦献祭课取应得的什一税。他业已放弃相信自己的生活曾有什么意义。他身处空中飞人的杂技吊架，要么毫发无伤，要么粉身碎骨，没有任何灰色地带的可能性：要么一切都付诸东流，自己遭到命运背弃；要么就成为法老统治砾石堆，在七次往返中将它挖空，装满若干麻袋。

他宁愿独自行动，把车停在这一宗教场馆的地基旁边，自觉是在进行实地考察。他欣赏着四周风景。信众将在礼拜期间落座的沙滩椅已被泡沫塑料妥善包裹，人类的杰作指日可待由此可见一斑。要是还有力气塞几把椅子进面包车该多好啊。尽管如此，除了一袋袋砾石，他还在连续偷盗中积攒了沥青、硅胶管、石膏板、大概四十块砖头和一扇窗户的若干条窗框。犯下这一切渎神罪过之后，他甚至可以无恶不作。

回程时夜色一片漆黑，佩佩驱车穿进树丛，一直开到松树林。那个时间，在通往高速公路的树林尽头还能遇到老妓女苏泽特。她坐着一把扶手椅在路边揽客，在沾满精斑的弹簧床垫上接待客人。佩佩靠边停车，像老朋友一样朝她挥手。他关掉收音机，沾着口水将浓眉捋顺。"活人终会出现。"她手执香烟下此论断。男人跳下面包车，搂住她的脖子，强行将舌头伸进她口中。他已经熟悉苏泽特的气味，有点像苔藓，又有点像葡萄汁。她请佩佩给自己一分钟时间洗漱，然后就任对方将自己扑倒。在松树冠上，一双双闪烁的小眼睛看护着这两个可怜虫。她穿着吊袜带业已破烂的丝袜爬上他的身体，像巴拉比娜身处一个前所未有的夜晚时那般黝黑。他又脏又饿,把脸塞到她的双腿之间。最后,他将她推下床垫。他需要几分钟时间静一静。睫毛膏沾得浑身皆是,双眼透过枝叶遥望大熊星座,一阵激情在脑中泄出,他的双腿都麻了。雄狮已死。她披头散发,浑身酸痛,走远去抽烟。"喂,姑娘,过来看看我这面包车里都有什么。"他拉上裤裆,慢悠悠地穿着衣服对她说。车灯将她照亮,她疲惫的双眼里闪着翡翠色的暗影。"你要给我盖座房子吗,我的爱人?""是啊,美人,盖一座树屋。"他和妓女告别,仿佛有人在等自己。

第四十八章

爸爸：

也许你会说我太过幼稚，只是因为你不回信就无理取闹。我时常想起曾经做的那个梦，梦见咱们俩在罗西奥广场散步看商店橱窗。你总说带我去拿刀叉吃公爵夫人土豆泥，说要在帽子店给我买一顶遮阳帽。你想象过我戴着遮阳帽一瘸一拐，和你这样的老头一同在罗西奥广场散步吗？那一天风和日丽，碧空如洗，和罗安达闷热的天空完全不同。看看这两个黑人疯子，咱们甚至都有可能被人抓起来。尽量给我回信吧，爸爸，哪怕只是说一句一切都好。我一直担心。当下罗安达是这种情况，我就更担心了。我幻想着遮阳帽，女孩们却都挤在同一个房间里睡在地板上。子弹不长眼睛，飞来飞去，我们都无法在家里任意走动。但是为了见到你，我愿意付出一切代价，我的爱人。我思念着闻你的嘴。不是接吻，只是闻着你的味道。有时候，哪怕是喝着茶，吃着市场上买的面包，我也会想象成在和你一起吃公爵夫人土豆泥，我的爱人。

幸福永驻。

格洛丽亚

第四十九章

那个星期天停电了,酒馆冷柜中的食品因此融化。塑料袋包裹的一只只鸡如同刚钓上的鱼,滴滴答答不停淌水,众人不得不烤鸡吃。他们在院子中央支起一个烤架,在一个汽油桶内生火。女邻居们将木薯粉捣成糊做主食,还炸了薯条。孩子们围着火堆在街道上大叫。烟雾缭绕,烤大蒜的香气在棚屋间弥漫。众人还弄来了几块肥瘦相间的肉放到火上烤,这顿大餐足够十五个人填饱肚子了。一个美妙的夜晚就此开始。人们弹奏肖罗①和莫尔纳②,喝起家酿烧酒,应着泽·迪亚博的手风琴声为夜晚画上句号。夜晚那个点钟一片漆黑,一股家的味道在空气中飘散。卡托拉挽着利贝尔塔太太跳起舞,发现她的双手和自己的双手紧握在一起,竟然如此美丽。阿基里斯扮作狼人将孩子们逗乐。他们模仿他厉声尖叫,如同一群歇斯底里的狼。阿曼迪奥忘记去看电视,早早便上床睡觉。

连日阴雨终于停息,四个男人开始清理废墟。被烧毁的家具已经变成了黑黢黢一团,居然有几分人形。于昔日

---

① 一种巴西民间音乐,由多种乐器演奏,节奏轻快,风格优美而富有感情,常见于舞会和民间庆祝活动。
② 一种佛得角民间音乐,由独唱伴以原声乐器演奏,节奏缓慢,风格怀旧而感伤,2019年列入联合国教科文组织非物质文化遗产名录。

的房间所在之处，他们发现了几卷百科全书的散页。四人将双手伸进湿乎乎的灰烬，沾满浓稠的油渍，仿佛夜晚在他们身上留下的印记。他们用手擦拭额头的汗水，指纹印得满脸皆是。彼此接触，在对方的衣服上留下指纹。"爸爸，看啊，一支钢笔！"阿基里斯喜出望外地大叫。卡托拉走到儿子跟前，看到一支烧焦的派克钢笔，一语不发地将它塞进了口袋。他的精打细算还有妻子的所需品清单见于笔记本的一张张散页，散落各处，在大火中部分得以幸存。白色的碎纸页点缀着灰烬，似乎是故意从笔记本上撕毁，而不是被火焰烧碎。烧焦的纸上依稀可辨"香皂、国王蛋糕、眼药水、巴尔博扎·达库尼亚"这些字眼，介词、形容词和冠词都被烧掉，只剩名词得以幸存。

于是他们着手清理这块土地，把手埋进垃圾堆，将烧化的管道拧断，将烧焦的衣服撕碎，用棍子把架子砸碎——它们原本是厨房的家具，把手伸进床垫。他们放弃尝试打开变形的箱子和拉链被烧毁的公文包，去寻觅各种幸存物：一件残留品、一声尖叫、一个写在记事本上的完整句子或者一张没有被火烧毁的照片。

一切皆已消亡。他们在夜晚打着两个灯笼收拾残局，而周围却还有人打架，有人开始约会，就好像放任不管，灰烬就会自我清扫似的。尤里四处走动，将烧焦的玻璃碎片、烧坏的门把手、螺母、螺丝、纽扣还有细线据为己有。他在荒地上挖了一个洞，把所有东西都藏到那里去。

一行人犹如一队沉着的考古学家般团结一心。阿曼迪奥在阿基里斯身上学到从未有人教过的东西，在对方的谆谆教导和刚劲有力之中发现某种美感，因而深深折服。对于阿曼迪奥而言，自己的首要任务就是在院子里的水池中清洗众人挽救出的少量残留物。

他在地上铺开一张毯子，将遗物在上面摆开。月光映照下，灶台开关、闹钟的机械装置还有圣安东尼像仅剩的头部，如同久远时代的考古发现闪闪发光。卡托拉没有告知其余三人，暗自清点残余废铁，仿佛试图重造的铁皮人只缺一个零件、一个螺丝或一个漏斗就大功告成。冰箱如今沦为破铜烂铁的累赘，阿基里斯抬它的时候扭伤了手腕。到了五月，一处处小水洼被地衣覆盖，日间还有蜻蜓在上面盘旋。卡托拉用刚果语吟唱着父亲在大草原放羊时所唱的歌曲。其余三人虽然听不懂，还是一遍遍重唱着副歌。佩佩享受着生命中最美好的时光，重新感到自己还有用武之地。

其间，一行人经历了烧烤、戏剧性的转折和眼泪，还有贝伦人足球俱乐部的败北和失落。

安哥拉父子从建筑工地归来，四个人如约碰面。没有人想知道父子俩是不是后背酸疼，或者是否要开始考虑建房。他们埋头清扫，好像在地基里会发现一座油井或是金矿。卡托拉认为漫长的序章终于结束，甚至开始乐观地写起"我们未来之窝的手记"，在其中倒叙[①]期待的新房是如何被建成的。佩佩因工程而消瘦，他构思电气装配，还设计了一张砌体草图。屋顶起初被设计成双坡三角顶，后来

---

① 原文中几处变位动词使用过去完成时态，表示动作已经发生。

被改为单坡斜顶（由于资金短缺），用锌瓦而非陶瓷瓦制成。房屋正面墙上只开一扇木窗，而非两扇，因为他们买不起更多窗框。阿基里斯将蹲坑厕所设计在地块左边，即昔日浴缸的所在地。蹲坑下必须挖出化粪池，他们会在外面接入一条软管冲水。

众人在夜晚开工。他们低声交谈，以免吵醒邻居。卡托拉向朋友自吹自擂，用沾满水泥的手指数着自己曾经锯断了多少条腿，就好像锯腿就是锯木头一样；数着自己帮助过多少孩子诞生于世，他们的哭声如何；数着自己抽过多少古巴雪茄，它们是什么味道；讲述着父亲抬起手来，如何降低小河的水位；讲解着如何烹制正宗的蛋黄酱拌龙虾。"柠檬啊，佩佩师傅，诀窍就在柠檬里。"佩佩正是在这些凉爽的夜晚里向朋友谈起了巴拉比娜——他年轻时的心头好，仿佛回忆她可以拉近自己和卡托拉的距离。任何人听他说起这一段，都会认为他是在回忆修道院的甜点[1]。"她的气味，我的老伙计，闻上去就像烤杏仁。"他握着锤子当作扇子来回扇乎，仿佛是体温上升，体感发热。他看着一排房屋蓝色的轮廓映衬着卡托拉的身影，自己好像是化作了同伴粗劣的羊皮纸手稿——《我们未来之窝的手记》，还为新窝添砖加瓦。对于阿曼迪奥和自己的祖国，他不抱任何期望。儿子不理解他，祖国背叛了他。"有时候，我真想和这操蛋的一切一起爆炸算了，伙计。我真能

---

[1] 由修道院的修女们制成的甜点，制作过程中放入大量白糖和蛋黄。

做得出来，相信我。"阿基里斯戴着耳机锯着木头，没有耐心看这两个老家伙"卿卿我我"。两人不时爆发出一阵争吵，因为他们像两头老驴一样固执，对于测量结果争执不休，或者是其中一人手抖得太厉害，总是对不齐水平线。他们喝着啤酒，其中一人端着杯子走远，留下另外一人闹情绪："建筑材料总不会错，错的是人。""房子是你的，又不是我的。""你们黑人间容易相互理解。"

Apontamentos para a nossa futura casa

Esquema fundação

dos pilares

Após o levantamento dos pilares e da assentamentos dos tijolos das paredes procede-se ao assentamento por enchimento de placa de betão para colocação das asnas que vão suportar o telhado de duas águas pois não é necessário outro tipo de telhado por ser em região de baixa pluviosidade.
Entretanto foi necessário fazer abertura de roços nas paredes para a colocação de tubagem de águas, esgotos e energia eléctrica.

Legenda: telha tipo marselha
janelas em madeira
porta em madeira
chão com lages em tijolo vidrado

我们未来之窝的手记

给支柱挖底座

砌墙的混凝土支架堆板

在立起支柱、砌好墙砖之后，架设混凝土支座，用于放置双坡三角顶的桁架。因为地处降雨量低的地区，所以房顶无需设计成其他类型。

还需在墙上打洞，以便铺装水管、污水管道和电线。

图例：马赛式瓦片房顶
　　　木窗
　　　木门
　　　釉面砖地板

第五十章

他们俩逐渐成为朋友，却把自己忘记。因彼此熟悉而迸发的能量使两人欢欣鼓舞，醒来时浑身是劲。他们研究彼此的手势和身体，想象力得以丰富。由于近距离观察彼此，卡托拉已经可以辨别出佩佩即将发怒的模样。佩佩也已经学会察言观色，通过卡托拉额头上的皱纹体察对方的耐心极限，在嘴唇的皱褶中发觉对方的愠色。他们试探着对方，你来我往，相互嘲弄，以挑衅对方为乐。

他们通过长期未换的短袖衬衫散发的汗味辨认出彼此。卡托拉注意到佩佩脖颈上长的疣子："你得去看看啊，伙计。"佩佩知道卡托拉左手的烧伤，但是一语不发。卡托拉在傍晚回到街区，发觉朋友不在身边之前（因为佩佩去处理某件事情），身体业已想念起酒馆老板的热情欢迎——仿佛自己每天都是被对方初次招待。没有佩佩讲的军营笑话和热情张开的双臂，院子就是一幅破旧的水彩画。

两人并不代表两种旧日辉煌的结盟联姻，没有沉溺于过往中兴奋不已。他们不过是思念着对方。

尽管一切如旧，天堂宅院再也不复如初。众人虽然假装对二人不在意，但是无人能想象佩佩身边没有卡托拉的身影。两个灵魂惺惺相惜，整个世界虽然没有因此改变，但是每一处微小方寸都不同以往。

他们俩一人敲敲打打，另一个人吹着口哨，整个院子应声睡着。两人将刚果语副歌加入西班牙语圣诞颂歌混唱，粗野地大笑，用胳膊擦嘴，用愈加粗俗的吹捧调侃彼此。凉风送爽，他们站着睡着，仿佛每个夜晚都是二人共度的最后一夜。

尤里将房屋重建视作寻宝。如果不骑在阿基里斯肩上让对方背，不听《爱经》①的讲解，没有被众人（出于仁慈）公认在打嗝比赛中获胜，他就不去上床睡觉。他确信如果自己足够卖力地挖洞，就能通往印度。

如果没有阿基里斯和阿曼迪奥，房子永远不会重新建成。两位老人笑着，喝着酒，吹嘘着自己手到擒来、一蹴而就的时候，两个男孩将四面墙竖起。阿曼迪奥把门刨平。一人将贴墙的瓷砖切开，另一人则锯开铝板，安装窗户。阿基里斯为工程的各项任务忙碌不已，内心却也因为新的友谊令父亲脱胎换骨而喜出望外。天堂宅院已使父子二人忘记了阿基里斯畸形的脚踵，住院的那些年月对他们来说似乎也化作了一段久远的人生。阿基里斯如获新生，得以重新振作。重建中的房屋是众人的目标，同时也是他们的障碍和弱点。

"我们的小窝"——他们这样叫它，每一个人都为它全心付出，仿佛是得到了机会由此抹杀曾经的自我。佩佩生命的最终形态在他心中愈加清晰。这所房子是他们所有

---

① 一本古印度关于性爱的经典书籍。

人初始人生的墓碑，是一家四个格格不入者的坟墓。

父子俩仍然睡在酒馆后面。那里有一座棚子，还有一个蹲便厕所。棚子是佩佩存放葡萄酒、步枪、年历、小旗、手榴弹、海外古董（比如一张蛇皮）、一只毛绒狐狸标本还有各种狩猎用具的地方。天气转暖，父子俩在黑暗中用水管冲水洗澡，浑身赤裸躺在棚子里欣赏佩佩收藏的斗牛海报。有时，尤里也来凑热闹。阿基里斯将对方全身的衣服淋透，那是自己一天中最大的快乐。海报上的公牛双眼圆睁盯着他们，仿佛是勃然大怒，无法和他们交谈。他们因公牛怒目横眉而忍俊不禁，仿佛对方是人类一样给它们取绰号。他们因佩佩留在不锈钢盘子里的卷心菜煮骨头你争我抢，为过夜共用的毯子争夺不休，丝毫没有意识到自己就像是畜棚里的动物一般住在棚子里。酒馆老板对着一个大木箱翻箱倒柜，找出了几双阿连特茹产的靴子、一件羊皮袄和一件狩猎马甲。他把羊皮袄送给卡托拉，狩猎马甲送给阿基里斯。如果不是戴着安人运[①]的纪念帽从不摘下，阿基里斯穿上狩猎马甲，看起来就像在狩猎保护区迷了路，在汽车和棚屋间不住徘徊。特里斯唐总是摆着臭脸在相同的时间出现，它舔舐他们的脚趾，嗅闻他们的衣服，四处给他们留下星星点点的礼物。

那几个月里，父亲在确认儿子还在睡觉之后，摸黑在

[①] 全称安哥拉人民解放运动，于1956年12月成立，自安哥拉1975年独立后一直是该国的执政党。

棚子里哭了一两次。里斯本的过往生活在记忆中浮现,当时的日复一日历历在目,卡托拉却全然没有察觉。他认为自己太过愚蠢,竟然微笑着走向死亡。他怀念火灾中失去的纸页。"感谢上帝,哈利路亚。"卡托拉双眼盯着棚顶的瓦片沉吟,这座棚子让他感到窒息。寂静被水龙头的滴水声、旧公路上驶过的一辆卡车还有几条狗的嚎叫所打破。他闭着眼睛,试着回想起格洛丽亚的声音——那是一段久远的录音。她必定会像他一样为新家而骄傲。然而,在棚子里度过的漫漫长夜中,房子和当下都不过是一首阴郁歌谣不幸的尾声。

七月中旬,四个男人完成了房屋重建。在女房东规定的九月末期限之前大功告成,卡托拉如释重负,甚至还感到些许骄傲,因为他们用自己的双手从废墟中盖起一座住宅。在当月的最后一个周末,卡托拉·德索萨父子第一次住进了22号房——"我们的小窝",正如佩佩特意在完工作品门面上添加的门牌所述。佩佩和阿曼迪奥前来共度良宵,为他们带来了煮鸡蛋、一大瓶红酒和一面镜子,便于父子俩梳洗。卡托拉刮了胡子,感觉自己焕然一新。对佩佩而言,这如同将两只康复的鸟儿送返大自然。新家散发着胶水、水泥、木材和灰土的味道。阿曼迪奥讲起笑话,因为众人聆听而面红耳赤。众人在瓷砖地板上铺了两条新的野营垫,坐在上面吃饭、喝酒,为阿尼巴尔·卡瓦科·

席尔瓦——"阿尔加维人的王子"① ——的健康干杯。他们胡言乱语，然后酣然入梦。

---

① 葡萄牙前总统阿尼巴尔·卡瓦科·席尔瓦是阿尔加维人，此处是对他的戏称。

第五十一章

那是尤里人生中最美好的夏天。鉴于房屋重建项目已经完工，佩佩和卡托拉决定为孩子规划生活。"一个孩子到了九岁还从没上过学，那可不行。"安哥拉人慨叹道。"他识字的话，就能帮我写字了。"加利西亚人考量着，但在心里，在内心深处，朋友两人不过是想要将重建工程的热忱延续下去。没有这种热忱，他们无法继续忍受天堂宅院的生活。

阿基里斯受命打理男孩的外在。他剪掉对方的金色卷发，还用理发推在他头发上推出一个箭头。他送给对方一片剃须刀片，教他如何刮胡髭。运动鞋、背带裤和新衬衫也都一一买好。佩佩给尤里一瓶仙地啤酒，男孩喝罢头昏目眩又亢奋不已。

小男孩每天过得欣喜若狂。他在八点半走进酒馆，偶尔在棚子里过夜。阿曼迪奥对尤里微笑过几次。在微笑的同时，他发现自己的无精打采被一波又一波亲切友善中断。院子里的孩子对尤里的新衣服和一副装腔作势的样子感到诧异，但尤里坐拥靠山，执意坚持由自己穿衣洗漱，在睡觉前亲自把新衣服叠好，即便祖母对着他喊道："黑人不去上学，哪怕是穿得西装革履。"

打理尤里的内在则由佩佩负责。他带男孩去波塔莱格雷①和特拉法里亚吃沙丁鱼，教男孩种树，把他带到了松树林，在那里让他品尝自己常喝的红酒。他握着男孩的脏手，教对方用折刀切火腿，用牙齿开瓶子。教他把鼻涕甩远，对着松树撒尿之后抖一抖身体。回程途中，佩佩允许尤里在一片空地上试驾面包车，还把他介绍给苏泽特。她没在常待的老地方。"识字作诗那一套我可教不了，孩子，你知道的。"抵达天堂宅院时，佩佩对他实言相告。

但是尤里可以和卡托拉学习各种文化知识。卡托拉兢兢业业，同佩佩重建房屋时一样全心投入。他在一张方格纸上写下大小写字母表。教尤里发双元音，使用动词"是"和"暂处"，还有两句英语（那是他仅会的两句）："你好，尤里先生。""现在天气怎么样？"他让尤里背诵欧洲各国的首都和特茹河的各条支流。尤里被弄得晕头转向，脑中充满了喜悦和犯错的恐惧。

"你在那儿说我坏话吗？"祖母撞见孙子自言自语，于是问他。但是尤里呢喃的是"华—沙""巴—黎"和"苏—黎—世"。

对于上课的奖励是尤里的名字——男孩从来都不知道如何正确写出自己的全名。卡托拉教他写名字：尤里·保罗·奥古斯托·达席尔瓦，仿佛是在传承遗产，又好像是身负责任，让野蛮人尤里开化皈依文明。男孩分毫不差地将自己的名字抄写三遍，笔迹仿佛出自一个六岁的孩子。

---

① 葡萄牙阿连特茹地区的城市，波塔莱格雷大区的首府。

他尚且无法完整读出自己美丽的名字。

尤里私自藏匿宝物的洞穴从未塞得这么满过。他把一个波塔莱格雷的钥匙扣和自己一件件新衣服的标签扔进洞里，与内乌莎建议他爱护头发而赠送的梳子、所有火灾遗物、祖母的一只耳环、一两条女士内裤、晾衣夹、一只死甲虫、一个烟斗、一只本菲卡茶碟还有卡托拉的一个小领结堆在一起。尤里挖出这些物件，摆在地上进行整理。他看着它们，如同一个希望海螺能对自己说话的人。但是他没有提问，这堆破烂也什么都没有对他说。他们注视着彼此，不作交流，但男孩望着这堆排列整齐的待取物件，从中感到一种全书读到尾注时读者的慰藉。

安哥拉父子俩有了新家，甚至还多了一个孩子，佩佩和卡托拉的生活似乎找到了方向——二人相遇伊始就对此有所预感。晚饭后，两位朋友在22号小窝门前的院子相见，应着手风琴乐曲玩跳棋，通宵达旦，乐此不疲。卡托拉叼着牙签组织竞猜输赢的赌局，邻居们争相下注。一个个小时流逝，邻里的年轻人都走空了，他们都出外过夜去了。孩子们和吉卜赛人混在一起，在旧公路的另一侧围着篝火跳舞。老人们出门散步。凌晨一点，气温仍有二十几度，没人能待在家里忍受闷热。尤里的双眼始终盯着他的两位养父，像个好学生一般研究两人。照镜子或是在酒馆扫地的时候，尤里模仿着卡托拉的严肃表情还有下棋输掉时丢人的无理取闹。洗澡的时候，尤里像佩佩一样双手拍着肚子大笑。他用阿基里斯赠送的刀片剃须，认真过度，用力过猛，甚至把皮肤刮破。佩佩决定让尤里在九月份入学就读，尽管这一想法遭到男孩祖母的抵制。她担心自己失去跑腿小工，即便如此，还是给孙子买了一个书包、两本笔记本和一个文具盒。卡托拉教尤里如何给笔记本包塑料皮。男孩白天待在酒馆里，听着醉汉们齐声唱起《葡萄牙人》，耳濡目染学会了这首国歌。"好好看看这个洋娃娃！再添上一个我被烧焦的小领结，他就齐活了。该死的火灾！戴上小领结，你就是个正宗的文化人。不是吗，尤里先生？"

第五十二章

万岁,妈妈!

咱们的房子盖好了!哈利路亚,母亲!

它不大,但是足够咱们一家三口住了。正如你所愿,地板是瓷砖地。我们还没有橱柜,但是如你所说,我的女王,上帝总会赐予。

耐心点,妈妈。等你到了里斯本,全家一定要用我妻子亲手做的蛋黄酱拌龙虾来庆祝咱们的新窝。诀窍就在柠檬里,我的甜心……

天气一热,一切都变得更容易了,对吧,小妞?头脑转得更慢了。我一直在给尤里教语法。他已经会背奥古斯托·吉尔①的诗歌了,这个小孩啊!他总是把自己打理得干干净净。过不了多久,我就会领他进入《荷马史诗》,

---

① 葡萄牙律师、诗人,其诗作将象征主义和讽刺、抒情结合,而对自然和贫穷的关注也使他成为葡萄牙新现实主义的先驱。

或者我们直接去读贺拉斯①（我靠！）。此话当真，妈妈！

探索这个男孩，这一直是我们的快乐所在。他那双大大的眼睛赋予我希望，看上去简直像要从脸上掉出来。这种快乐甚至让我重操起咱们家乡的口音，妈妈。我得专门为你把口音校准，小姐，否则我说话听起来就像那帮白痴。他们不停在孩子祖母耳边煽风点火，对我和佩佩两个老头评头论足。该死！但愿魔鬼把他们都收走！你知道吗？那天我下跳棋赚了好一笔钱。现在所有钱都要用来买油漆，因为房子还没有粉刷。但是如果有富余，我们也给朋友佩佩买水果吃，或者去达卡帕里卡海岸享受清凉的海水（你去了会浑身起鸡皮疙瘩，我亲爱的妈妈……）。

葡萄牙有千种奇观，妈妈，我多想把这片土地展现给你啊。请原谅我多次的冷淡。今天，我只想让你浑身穿满连衣裙，戴满遮阳帽（你以为我已经忘记了，是吗，小姐？）。

我的女王还要戴着遮阳帽在奥古斯塔街凯旋门下招摇过市！连海鸥都会吹口哨叫好，张开翅膀欢迎她走过。

---

① 昆图斯·贺拉斯·弗拉库斯，罗马帝国奥古斯都统治时期著名的诗人、批评家、翻译家，古罗马文学"黄金时代"的代表之一，代表作有《诗艺》。

加油，妈妈，胜利在望。你的祈祷已被听到。相信我们定会重逢，同你丈夫一样相信。

> 怀着我全部的爱意，这个爱你的
> 卡托拉

第五十三章

格洛丽亚亲吻着丈夫的信,闭上了眼睛。她想钻进信里,但是无法离开罗安达——前夜一个个舞动的梦,还有令人作呕的气味困住她不放。每当她准备睡觉,这种情形就会发生。昔日的梦如默片般逐一复返。在夜晚的第二段人生中,她是几十年前那个穿着裙装的金色指甲女孩格洛丽亚。她回顾着一个婴儿的不详诞生、一个自己声音无法外传的房间,还有白人邻居家中的一个个夜晚——她从未在对方家用过晚餐。邻居叫巴尔博扎·达库尼亚,多么美丽的名字。从姨妈家的栅栏看过去,邻居夫妇又是多么优雅。还有一个男人一再出现,每次都是同一个人,一张友好的面孔。格洛丽亚坐在餐桌边喂他,为他跳舞,与他共舞。他为格洛丽亚召唤出一个她从未造访过的里斯本。在黑暗的小巷里,一个男孩说着她听不清楚的句子化为乌有。格洛丽亚想要救他。他会是谁?如果她从未见过对方,他为何要向她求助?她闻着信,想要叫人端一杯水来,但是没人能听到她在房间里的呼救。

在炎热的夜晚,坏掉的电梯在大厦里四处喷洒着毒液。卡托拉在信上喷的几滴古龙水不足以掩盖死亡的气味——死亡才是她的室友。她躺在枕头上晃了晃头,古龙水的柑橘调暂时止住了呕吐感。丈夫的面庞现在会是什么样？她不愿承认自己已然将他的面孔忘记，它不再清晰可辨。如今，他双眼的位置是两个洞，嘴巴周围有烟渍：一支点燃的香烟永不熄灭。电梯启用日是辉煌的一天，孩子们乘坐电梯上上下下，直到把两个按键弄坏。有人用口红在镜子上写下"不独立，毋宁死"。女人们没有告诉男人们：她们幻想自己在新电梯内被对方占有，而男人们则把电梯看作是一件危险的宝贝。

女人们在大厦后面将一盆盆衣服洗好，然后搭乘电梯。电梯负荷过重，最终卡在地下室和一楼之间，散发着烟草、性事、尿水和脏衣服的味道。众人呼叫维修工，但是并没有人出现。链条生锈，镜子被一颗子弹打碎。必定有人首开先河，把香蕉皮扔进电梯井，然后一袋袋垃圾、残羹冷炙、粪便、生鱼内脏、用过的油、旧家具、机器零件还有从缓台泼下的一桶桶脏水紧随其后。之后，蟑螂和大老鼠投入行动，在电梯里找到美味的催肥饲料。电梯大口半开，对跳过凝滞水坑方可抵达大厦的住户们致以欢迎。水坑闪闪发光，如同散布瘟疫的镜子，宛若绿豆蝇的双眼。电梯坏掉之后出生的孩子们害怕在大厦前厅染上霍乱，鲜少外出，日益肥胖。在罗安达岛被缉捕的小偷，尸体在电梯里腐烂。传言如此，真伪待证。任何从街上回来的人都会看到电梯半开的下颌，它的钢制上颚，它黝黑、黏稠的喉咙向外渗出脂肪和下水道污水。

＊

在噩梦里,格洛丽亚最终被困电梯井,与老鼠为邻。睡意如同一群鹭鸶降落荒地般来临,她鼻子贴着沁香的信坠入梦乡。

第五十四章

  天堂宅院一切正常，除却无法更糟的事情：桌上不再有食物，痛苦倒是分毫没少，口袋空空一如既往。佩佩仍然去松树林里睡觉，铺着松针像是要把自己伪装成一具尸体。由此可以想象：他不必付出任何代价，就能被在空地上追逐的蝙蝠们载着升入天堂。追赶过程中他不慎摔倒，摔倒之前还朝它们扔石头，像打死苍蝇一般拍打着双手。他在下午出门，夜晚才回来。动物们在午后的陪伴让他面对冬日来临也感到慰藉。似乎在内心深处，他什么也不希求，不求有家可回，也不求称得上朋友的人。

  卡托拉和阿基里斯在那个冬天发现了外物之乐，尽管他们没有任何东西来填充新家。他们还拥有彼此。父子俩在客厅的地板上相拥而眠，如同恋人一般裹着朋友送的毯子，彼此毫无怨言。家徒四壁吓跑了深夜的魔鬼。尤里来去进出，将夜晚的沉寂打破。他日益长成一个小男子汉。他出现就是为了消失，如同即将短路的灯泡一般时亮时熄，带着学校里的新闻来敲卡托拉家的门。父子俩不得不想方设法从他的欲言又止里撬话打探。

  高架桥建成后，卡托拉又受雇去卡纳希迪山建造居民区。新的承包商发号施令，同莫塔一样粗暴又吝啬。

  父子俩吃着为数不多的正餐来计算每月的一日又一

日。每月二日，两人共享一只鸡。从此往后，就只能靠冷掉的剩面条、硬面包还有牛奶面糊充饥。

尽管生活艰难，也没有人可以剥夺他们的新家，带走他们忠实的朋友。佩佩在夜晚归来，像幽灵一般沿着旧公路边缘踽踽独行，回到街区。他询问尤里上学上得怎么样，得到对方"还行"或是"马马虎虎"的回答。

尤里看上去像头蠢驴。祖母说他是聋子，人们说他是弱智。他的新衣服在操场上并没有让人眼前一亮。没有人来接他放学，其他家长也对他印象不佳。最初的兴奋过后，他感到自己很愚蠢。一节又一节课唤醒他对于独处的渴望，释放出一种沉默，使他渐渐不再体恤酒馆里的喧闹。也许他哀叹的是自己被他人视作可怜之人。他因禁食而痛苦呕吐。他打人也挨打。他光着脚，顶着乌青的眼睛回家。卡托拉意识到男孩变瘦，便建议祖母给他吃维生素药片，却浑然不知尤里再也无法充当天堂宅院的补药。

即使皮鞋已经破了，尤里还是经常踢着同一块小石头，走路放学回家。回到街区时，就把小石头塞进口袋里。既然自己已经尝过仙地啤酒的滋味，他便跃跃欲试想要打破一些禁忌。

*

某天下午，阿基里斯在公共汽车上看到尤里背着书包独自走过，双眼一直盯着地面。在阿基里斯看来，男孩似乎遥不可及。当时两人都身处街区附近，而尤里神不守舍，仿佛置身于另一地点，阿基里斯身在窗户的另一边无法抵达。这个身在公路边的男孩将风景改变。看到他沿路自言自语，阿基里斯突然发觉：自己并不像想象中那么了解这个地方。尤里走到视野之外，犹如身在另一世界。阿基里斯敲窗示意，但是男孩并没有看到他。尤里哼唱着葡萄牙国歌，这是他回家途中的口头禅。他双手插袋，双眼无神。佩佩将他一把抓住，当着酒馆里其他男人的面把他摇来晃去时，他也是这样涣散。每到这种场合，佩佩都自豪地看着男孩，像夸赞一匹枣红马一样对他赞不绝口。尤里挤出一个微笑，羞愧地垂下双眼。那双眼睛已经不在尤里脸上，而是处于童年和未来之间的某个地方。它们已经远离了院子、祖母和尤里的过往，过上自己的生活。即使尤里仍然身处天堂宅院，还得继续做那个坐在学校课桌前、如献祭动物般业已死亡的孩子，也与那双眼睛毫不相干。

每星期六，尤里都在八点到酒馆帮忙，但他已经无法将酒馆照亮。他沦为一盏没油的灯。

那是一个星期天。弥撒开始前，尤里去棚子里取酒馆里卖光的马谢拉酒[1]。特里斯唐跟着他，在箱子之间跳来跳去。他从盒子里抽出几瓶酒，打开其中一瓶，喝了一口，用手背擦了擦嘴。狗望着他，似乎在等待轮到自己的份。尤里注意到地板上一个虚掩的铁箱。他将铁箱拉近，

---

[1] 一种在葡萄牙莱里亚大区邦巴拉尔镇生产的特色蒸馏酒。

试图打开却把自己弄伤。铁箱里面有两颗用麻布包裹的手榴弹,如同两件遗物。男孩抓起其中一颗,掂量它的重量,自己闻过后又给狗嗅。他抽出螺栓,用尽全力将手榴弹扔到墙上,想看看会发生什么,有什么会随之改变,又有什么会得到改善。

第五十五章

在松树林里，在山的另一边都能听到那声巨响。栖息在荒地上的鹭鸶惊恐地四散。酒馆墙壁爆炸，屋顶倒塌。对面房屋的窗户随着爆炸而碎裂。棚子顶盖的一部分被掀飞到旧公路上，导致两车相撞。一辆停在角落——特里斯唐习惯在那里等待佩佩归来——的摩托车被砖土埋葬。酒馆楼上的空置阁楼地板塌陷，一张虫蛀的床、一面帷幔和两个装嫁妆的大木箱掉落到酒馆的柜台，让人产生曾经有一家人在此生活的错觉。一位过路的老人被抛到公路上，就此瘫痪。无人走近。酒馆和棚子里残留着烧炽的砖块、火苗和燃烧的灰尘。酒桶爆炸，漏出的烧酒和红酒增强火势，在废墟中留下了大片死亡的痕迹。天空暗沉。呛人的酒精烟雾令人窒息。特里斯唐消失，再也没有被人见过。据说，在完好无损的收银机旁边发现了尤里的一只脚。这个黑白混血儿是业已失去希望的佩佩的吉祥物，是他的阿基里斯之踵。爆炸发生之前，这个男人已经前去卡内萨斯。

第五十六章

尤里是佩佩和卡托拉未曾成为的那个男孩。在他们看来，尤里的大眼睛还有他因饥饿和害怕被人抛弃而冲淡的天真，就是一段因二人友谊而开启的新童年在招手示意。

两人并不希望通过尤里再度变回男孩，而是希望再做一次男孩，却不知道对第二次童年的渴望是一个信号：生活令病恹恹的二人融为一体，他们已然忘却了自己的特质。他们将这一渴望化为一项工程：不是再建一所房屋，而是共同打造一个自己想要成为的孩子，即便为此付出各种代价。

因此，这个死亡的男孩——身体四分五裂，如同一副被抛起而散落的跳棋——代表二人友情的羁绊尚未终结。尤里死去，卡托拉和佩佩被迫为男孩尚待书写的人生画下句点。

多日以来，他们都没有见到彼此。再度相遇时，他们已经变回成年人：迷茫、不安、踌躇、自由。他们没有退回过往，而是第一次融入了自己的皮囊。

重建房屋的热忱化为尴尬，他们如同悔恨的亚当和夏娃面面相觑。他们的错误并不是当时没有陪在尤里身边，而是偏执地认为自己需要重生。

或许这也并非是个错误，男孩的死亡也并不代表对其讽刺性的修正。并非是命运欺骗了他们,而是二人需要有人陪伴,才能意识到自己并不需要重生,即使他们已经感觉脱胎换骨。两人相遇时,并未如同自己所认为那般遍体鳞伤。如果只是独身一人,他们就不可能意识到自己的内心并没有死亡。他们需要他人帮助,但也缘于互相帮衬,二人得以彼此解脱。

两人都无法承受希望带来的负担。卡托拉和阿基里斯凌晨五点出门上工,晚上七点才回家。父子俩躲进22号小窝,彻夜无眠。

尤里的祖母加入邻居的行列起诉佩佩。叔叔婶婶、律师、市政府官员、社工、警察,还有被人遗忘的孩子母亲——她憔悴而不依不饶——纷纷现身。"这帮靠死人发横财的王八蛋!"阿曼迪奥被送到北方的表亲家。佩佩把自己锁在一间侧房里,烂醉如泥地倒在床上。他说着上战场打仗的胡话,在墙上看到尤里的影子:男孩在院子里跳着踢踏舞;骑在佩佩背上,淘气地摇晃颠簸,拍打老人的屁股。大雨接连下了二十天。这段时间足以收拾行装,想出合适的措辞。账目算清,佩佩的生命中再也没有任何人。如同酒馆老板记录赊账一般,佩佩给他唯一的朋友写信。这个男人适时出现,让自己得以留下人生在世的最后一封信。

though
第五十七章

原谅我,卡托拉,我的黑人兄弟。

佩佩

第五十八章

佩佩在几日后下葬。头七弥撒上,神父引述"葡萄园做工的比喻"①。卡托拉认为这段福音合情合景。据神父所言,已故的朋友是"一家餐饮店的杰出店主"。但是对于阿基里斯,神父的讲话如同谜样的征兆在他心中回响。如果说"那在后的将要在前"②,是否意味着会有那么一天,上帝会将自己和父亲记起?那天晚上,男孩思前想后,因无人倾听自己的过往,尚未享受被倾听的快意就睡着了。

为了成就完满,这只动物必须负伤。

卡托拉的继承人也将永远无法在普拉泽雷斯公墓中得到安葬。他发现身处里斯本的自己不过是身泽庇护,就和那些受他人倾注生命、操劳心血的人和物一样:父亲、母亲、儿子、女儿、狗、妻子、朋友、赌注,还有酒瓶中的三桅帆船模型——这一名单无穷无尽。

自己终有一天归于尘土,这注定要发生。死者的公民

---

① 见《马太福音》第20章第1—16节。据耶稣言:任何一个受雇到葡萄园工作的工人,无论一天中受雇的时间早晚,工作时间长短,都会被付给相同的报酬。耶稣通过该比喻提醒世人:上帝慈爱而公平,在一切事情上都有他的主权。
② 出自《马太福音》第20章第16节,译文引自《圣经》和合本相应的篇章。

身份是他在葡萄牙唯一的居留许可。他所来自的城市——那个被称作罗安达的昔日城市，在时间的大火过后已经所剩无几，而且依旧远在天边。当下，只能说他的尸体离家甚远——如果把"家"理解成一个抵达旅途终点就注定要被遗忘的地方的话。他甚至想问问自己为之哭丧的这块地价格多少，但最终还是欲言而止，没有问出口。也许到最后，他只能期盼同在葡萄园做工的伙伴没有看到自己哭泣。无论是他还是父亲，都不曾为这一块墓地付出自己的幸福。他们只愿以自己的痛苦消亡为代价来进行交换，虽然无人强迫他们自取灭亡。将来墓碑上任何一张旧照片都无法分辨父子俩的消亡是主动投降，他们不会以此为耻，后代也不会为此蒙羞。父子二人屈服于微小的快乐，屈从于无足轻重的小事。这些微不足道从未被注意到的事情，却如同一股力量、一种鼓舞为他们带来些许生机。虽然他们一路上任自我逐渐丢失，从未回首相顾，但是也没有把自己变得肮脏不堪。如果说他们从未快乐过，那么也不曾悲伤，甚至没有必要为此撒谎。

儿子并不是在朝夕之间就丢掉了母亲的双眼。男孩重夺自己的目光，并未发生在一个决定性的时刻，也不是通过某种单方面视角的注视，而是瞥视、目睹各种场景：光照刺眼、鸽子振翅、远处的巴雷罗市（夜晚的景观）、松树浓密的树影中透漏的金发女子、褐发女子、胖女人和瘦女人，还有不善的、和蔼的、缺乏关爱的、不屑的面孔这一切大杂烩作用下的结果。格洛丽亚无法再通过阿基里斯的双眼看到远方。里斯本日益阴沉模糊，阿基里斯日渐收回自己双眼的主权。

他可能无法独自前往松树林的岔路口——那些幽魂在黑暗中迷失前相遇的地方,但是他决不会尚未亲眼观看就撒手人寰。格洛丽亚,是的,她注定要失明。在里斯本最后一个拆解的并非由茹斯蒂娜整理、后来被付之一炬、最后被人遗忘的行李箱,而是儿子藏匿母亲的行囊——他从罗安达带来的双眼。

阿基里斯拉上窗帘,感觉自己如此轻盈。风不必费力便可以将其吹起,使他在碎石路上飞翔,宛如被上帝吹拂的彩票。上帝最终厌倦了吹气,彩票粘在一个乞丐的鞋底,随之流浪四方。

第五十九章

"还不到五千葡盾,多便宜啊。"帽子店店员回应道。他打开柜台上的盒子,露出铜色丝绸纸包裹的高帽,将它递到卡托拉手中。"我可以戴着走吗?""谁付钱谁说了算。让我看看,帮您戴上吧。下巴收一点,我们好把帽檐拉直。"店员顺着顾客的鬓角调整高帽。"它和您的小胡子非常般配。"店员说完,便对卡托拉嘴唇上那团乱蓬蓬的灰白胡髭扬起下巴示意,但是卡托拉不忍对镜自览。他一语不发,从衬衫口袋里掏出一张方格纸打开——里面包裹着他所有的钱财。账目结清。"不多不少,正正好好。"店员回应。他看到卡托拉戴着帽子走向罗西奥广场,便走出柜台,走到橱窗前,透过窗户疑惑地目送顾客走远。

卡托拉陷入沉思。佩佩生前看到的最后一样东西是绳子上的一条白毛巾。他的尸体挂在晾衣杆柱子上,看起来浑身发冷。他穿着一件黑色外套、一条新裤子还有一件白衬衫,外套的口袋里放了一朵含苞待放的白色康乃馨。他为自己的葬礼精心打扮,穿得像参加婚礼一般赴死。他的手臂僵硬,双手发紫,指甲发蓝,双眼圆睁,舌头外伸。他脚上只剩一只皮鞋,没有穿袜子,裤子上残留失禁的污渍。他脚下的水池里,几双浸泡着的袜子和上吊自杀者皂灰色的面庞交相呼应。

打开厨房窗户的时候，阿基里斯惊呆了。他喉咙发干，脉搏飙升，后背僵硬。他大叫着跑到院子里，抱住佩佩的双腿。"爸!"他吼道，"爸!"两扇窗户打开。一个女人穿着睡衣从棚屋走出来。一个小女孩走近，被母亲喝止，令她赶快回屋去。卡托拉出现在门口，见状突然浑身乏力，跪倒在地上。佩佩起初只是他生命中的一个逗号，后来却成为他整个旅途的缘由。就在那一瞬间，旅途到了终点。两个男人扶着阿基里斯，把他搀到父亲身边。人们将佩佩安放在地，用床单盖住他的尸体。卡托拉拥抱着佩佩，自抵达里斯本之后前所未有地失声痛哭。躺在院子里、脚上还趿着一只皮鞋的佩佩是自己唯一的朋友，被绝望、羞耻、悔恨和爱拖垮。卡托拉不知道佩佩犯了什么错。这个慷慨的奇才如今躺倒在自己身边，在卡托拉看来体面犹存。葡萄牙对于佩佩的安哥拉朋友而言已经完结，即使卡托拉尚未到达天堂。

卡托拉发现自己身在奥古斯塔街，继续前行。他沿街巡游，如同一位被人废黜的酋长，还戴着自己的冠冕。此前他认为无人注视自己，但是一个男孩指着他的方向说："喂，妈妈，那儿有个魔术师。"一些商店的橱窗以完整样貌示人，遮阳棚也被拉起；另一些商店则用细纹布遮挡橱窗，避免展出的皮鞋和皮革钱包因光照而褪色。几个女人沿碎石路悠然行走，仿佛无人等待她们赴约。几个男人好像在自言自语，尽管他们沉默不语；另外几个男人则魂不

195

守舍，似乎已然心碎。新买的高帽如同一个错放的部件令人瞩目，不是因为它与卡托拉不搭，而是因为它对于当下不合时宜。在奥古斯塔街凯旋门下，那些关于宗主国的旧明信片在他脑海中浮现，他猛然发现凯旋门竟如一张大口，门的两侧各自通往一条食道，沿着拱廊来往的行人就是海怪利维坦欢乐的大餐。他目不斜视，一直走到立柱码头，对着面前的特茹河注视片刻。一个塑料桶被水流拖曳，在前方的水面上漂浮。河水仿佛对他不忍直视，没有做出回应，用意味不明的翻涌咆哮终止了对话。卡托拉摘下高帽，抛入水中，然后转身离去。

译后记

2019年12月5日,在巴西圣保罗举办的海洋文学奖颁奖仪式上,葡萄牙籍安哥拉裔女作家贾伊米莉亚·佩雷拉·德阿尔梅达凭借2018年出版的长篇小说《罗安达,里斯本,天堂》在一千四百多部参选作品中脱颖而出,斩获头奖。海洋文学奖是葡萄牙语文学世界中最重要的奖项之一,被视作葡萄牙语的曼布克文学奖。在《罗安达,里斯本,天堂》的授奖词中,评委会指出:"这部长篇小说讲述了父子俩从罗安达到里斯本的旅程,两人的最终目的地是里斯本市郊的天堂贫民窟。贾伊米莉亚·佩雷拉·德阿尔梅达通过生动的语言,对后殖民世界的幻想和幻灭进行了饱富感情的讲述。"

此前,这部长篇小说已经于2019年3月在葡萄牙获得2018年伊内斯·德卡斯特罗基金会文学奖,又于8月在葡萄牙获得2019年埃萨·德凯罗斯基金会文学奖。其作者贾伊米莉亚·佩雷拉·德阿尔梅达于1982年出生于安哥拉首都罗安达,之后随家人搬迁到葡萄牙生活,在首都里斯本的卫星城奥埃拉斯市长大。在罗安达和里斯本两座城市的不同经历赋予作家创作的灵感,而来自葡萄牙前殖民地安哥拉的移民者身份又引发作家在作品中对边缘群体的流散状态进行探讨。她于2015年凭借长篇小说《这头鬈发》初入文坛，崭露头角。在这部具有自传色彩的处女作中，作家混杂了小说和散文两种文学体裁，以自身一头黑人标志性的鬈发为出发点，以小见大，用移民者的亲身经历串连起前宗主国葡萄牙和前殖民地安哥拉的历史。

不同于处女作明显的自传性笔触，在第二部长篇小说《罗安达，里斯本，天堂》中，作家在叙事中抹除自我，用第三人称讲述他人的故事，以三段人生再现病患家庭的普遍经历。1970年，在尚处葡萄牙殖民统治下的安哥拉首都罗安达，助产士卡托拉·德索萨迎来家族勇敢血统的继承者，不料男婴生来左脚踵畸形，因而得名阿基里斯。父亲对其寄予厚望，希冀纵使儿子身有缺陷，也能像希腊神话中的英雄一般顶天立地。祸不单行，诞下男婴之后，昔日泼辣跋扈的妻子格洛丽亚一病不起，卧病在床，性情大变。受妻子和儿子病情所累，卡托拉放弃了优渥的工作，在家行医，生活彻底改变。诊断如同一则谕告：男孩在年满十五岁时进行手术治疗，脚踵将得以痊愈。全家在漫长的等待中，见证了安哥拉的独立，还有男孩在冷眼和嘲笑之中的成长。日复一日，家中曾经的欢乐和生气勃勃被一种不祥的死气沉沉所取代，境况江河日下。

安哥拉独立将满十年时，阿基里斯终于在父亲的陪同下踏上治疗之旅，飞越撒哈拉沙漠，来到代表进步的城市——前宗主国的首都里斯本。告别自己的第一段人生，卡托拉期待作为葡萄牙公民得到前宗主国的承认，掩埋不堪的过往——当年自己以效忠殖民者、放弃自己的民族语言、学习葡萄牙语这门外语为代价换取"同化人"身份。

手术效果不理想，卡托拉在脑海中设想多次的葡萄牙治疗之旅变成有去无回的长驻。以象征全新开端"晨曦"为名的阿尔沃尔矫形医院没有使阿基里斯恢复正常行走，却让卡托拉翘首以盼的第二段人生夭折。曾经在安哥拉共事的产科医生葡萄牙人巴尔博扎·达库尼亚在敷衍接待父子后便不见踪影，昔日四手联弹般的默契照应荡然无存，交付给他的葡萄牙国籍申请文件也石沉大海。积蓄用光，债台高筑，卡托拉廉价出卖劳动，以在建筑工地打零工艰难维生，和儿子靠着残羹冷炙勉强充饥。他漫无目的地在城市里游荡，在罗西奥广场、堂娜玛丽亚二世剧院、奥古斯塔街凯旋门等地标景点留下足迹，但是始终没有得到城市的接纳，只能在普拉泽雷斯墓园获得些许慰藉，期盼在不再受到身份地位束缚的逝者之间享受平等的对待。阿基里斯为期五年的会诊以失败告终，一场火灾将父子俩寄身的科维良旅馆烧毁，他们只能放弃带来无数失意和绝望的里斯本，搬往市郊的贫民窟栖身。

名为"天堂宅院"的社区却是一个棚屋组成的贫民窟，这是巨大的讽刺。作为没有合法身份的移民者，父子二人生活惨淡。加利西亚人佩佩的出现为他们带来了一丝暖意。这位热情慷慨的酒馆老板成为卡托拉的朋友，同是背井离乡的相似经历拉近了二人的距离。茹斯蒂娜带着女儿内乌莎短暂造访，使父子二人不堪的生活重回正轨。夏日结束，女儿和外孙女返回正处内战的动荡祖国，卡托拉的快乐和幸福也随之消散，生活重归混乱，只能借酒消愁。因吸烟不慎引起的火灾将父子俩居住的棚屋化为灰烬，他们暂居佩佩酒馆后的棚子，在朋友的帮助下筑建新窝。卡托拉和佩佩投身棚屋重建工程，友情得以升华。新家建成，两人想要将共同奋斗的羁绊延续下去，于是转而为养子一般亲密的邻居男孩尤里规划人生，期盼由他代替自己实现未竟的志业。身为黑人，尤里在学校遭到歧视，虽然厌倦学习生活，仍按照两位养父般的长辈设计的人生单调度日。内心的叛逆将他推向未知的深渊，在好奇心驱使下，他拉动在佩佩的藏品中发现的手榴弹螺栓，随即被炸得血肉模糊。痛失亲昵胜似亲生儿子的尤里，佩佩一时间无法承受，备受打击，以自缢终结生命。卡托拉失去了在异乡最亲密的朋友，抛却了曾经那些骄傲的幻想，最终接受了自己背井离乡、失去故土的现实。

  小说标题中的三处空间标示着主角的三段人生。罗安达代表着体面尚存的过去：卡托拉由于助产士的职业和同化人的身份，在葡萄牙殖民的安哥拉社会还能够享受高于平民百姓的生活。他本来期待着儿子的降生延续家族的荣光，却因为阿基里斯左脚踵的缺陷，生活彻底改变，万劫不复。阿基里斯出生后，全家悲剧接二连三，妻子卧病在床，女儿未婚先孕，生活每况愈下。卡托拉期待着阿基里斯年满十五岁时能通过手术治愈脚踵，于是在漫长的等待中迫切盼望埋葬自己的第一段人生，亲手终结儿子降生后急转直下的境况。里斯本代表着昔日虚妄幻想中的未来：通过一趟梦寐以求的前宗主国首都之旅，卡托拉不仅希望残疾的儿子恢复成正常人，也期待自己能够作为葡萄牙的公民得到该国的承认。不幸的是父子二人在这座多次幻想的城市受尽了冷遇和排斥，不仅得不到合法的居留身份，还要面临手术失败、人财两空的现实。卡托拉希冀抹除自己的安哥拉之根，渴望融入帝都社会，成为受人承认的葡萄牙人，开启自己的第二段人生，却以一事无成的彻底落败告终。天堂宅院则是冷酷现实中仍要艰难存续的当下：父子二人沦为工地建筑工，廉价出卖劳动换取微薄的报酬。同是背井离乡的朋友佩佩善良接济，为卡托拉绝望的生活带来些许希望。即使棚屋遭受火灾，不得不寄人篱下，卡托拉仍然心怀憧憬，在新窝建造中和佩佩紧密配合，苦中作乐，友情进一步加深。尤里意外身亡，佩佩悲痛自绝，在微弱的光亮后接踵而至的巨大绝望使得卡托拉认清现实，抛却昔日荣光带来的无形桎梏，接受无法借由永居葡萄牙飞升天堂、只能将天堂宅院作为归宿的人生。他尚未放弃生命，以在悲惨世界中的艰难生存继续同生活抗争。

小说标题中的三处空间按照字面看来本该象征着主人公节节高升的命运，结果却充满了波折起伏，"天堂"更是对处于过往和幻想中的未来之间的现实的巨大讽刺。卡托拉和阿基里斯父子俩在三处空间中处于游移状态，主观设想或客观被迫的长居被各种意外打断而无法持续：为了手术治愈脚踵而告别安哥拉，有去无回；手术不利，被迫滞留里斯本，却因为社会排斥、合法身份不得和自身贫困放弃帝都永居；寄身贫民窟，在此收获友谊，却因为朋友自尽失去在天堂宅院继续生活的理由。在一定程度上，两次大火和一次爆炸作为催化剂，加速推进了故事的进展和父子二人的迁移：他们在里斯本的生活本来就无以为继，又逢科维良旅馆失火，于是顺利成章离开不属于自己的城市，迁往市郊的贫民窟。天堂宅院居住的棚屋失火，在佩佩酒馆后的棚子暂居，在其帮助下重建房屋，并达成心灵契合、灵犀相通。尤里拉动手榴弹螺栓的意外爆炸强行终结了卡托拉和佩佩二人共同设计的人生规划，导致他们相隔两界，卡托拉在天堂宅院短暂的幸福和快乐戛然而止，不得不另寻活路。

在三段人生轨迹的描绘中，叙事展开缓慢，夹杂大量哲思论述和人物心理描写，总体呈现线性推进的叙述中多次发生时间跃迁，不乏闪回和闪进，人物的幻想和其所处现实模糊了边界，颇具意识流色彩和蒙太奇特征。大段平缓的情节过后，往往是接二连三的起伏意外，造成强烈的震撼。但是在悲惨致郁的氛围之中，又有小确幸不时闪现，给予些许慰藉。突兀之处经常是作家埋下的巧妙伏笔，在后文作以呼应，谜底揭开时令人恍然大悟。全书的写作语言经过精心打磨，犹如一张精美的织布。盘根错节、枝蔓丛生的长句和寥寥几笔、急促有力的短句有机结合，书面语言和口语元素交织，第三人称全知叙事和第一人称书信、电话通信交替推进。克制的叙事夹杂几次急转直下，压抑的感情急速爆发，如同万花筒一般炫目，为读者带来眩晕的阅读美感。

初次迻译一部二百多页的长篇小说，难免如履薄冰，瞻前顾后。深知水准难以自始至终稳定保持，也了解应该在起承转合之处合理分配相应的精力。由于同主人公部分重叠的人生经历，在阅读时多次情感共鸣，不由悲从中来。之后，在错综复杂的语言迷宫之中找寻阿里阿德涅之线，将大段落的长句条分缕析，拆解后重新拼合，尝试理清埋藏在文字之间的草蛇灰线，企图将伏笔和隐喻以易读的方式尽量还原。在一个个挑灯苦战的夜晚，在一次次文本细读之中，有挫败失落，有迷茫怀疑，更多的是经过苦思冥想终于解开一处处谜题时收获的成就感，也因此感受到为喜爱的事业倾注力量时生命所迸发的巨大能量。

感谢耐心读到结尾的读者。不足之处，恳请方家不吝赐教。将全书译文献给远去的母亲，对于生养之恩谨表谢忱。我会继续阅读、翻译、写作、经历、体验，于守望之中在人世间笨拙地找寻生活的意义。

桑大鹏

盛夏于鸟瞰书屋

图书在版编目（CIP）数据

罗安达，里斯本，天堂/（葡）贾伊米莉亚·佩雷拉·德阿尔梅达著；桑大鹏译. —成都：四川文艺出版社，2022.6
ISBN 978-7-5411-6271-8

Ⅰ.①罗… Ⅱ.①贾… ②桑… Ⅲ.①中篇小说—葡萄牙—现代 Ⅳ.①I552.45

中国版本图书馆 CIP 数据核字（2022）第 042209 号

著作权合同登记号 图进字 21-2022-149

© Djaimilia Pereira de Almeida，2018.
Published by arrangement with Literarische Agentur Mertin Inh. Nicole Witt e. K.，Frankfurt am Main，Germany

LUOANDA，LISIBEN，TIANTANG
罗安达，里斯本，天堂
［葡萄牙］贾伊米莉亚·佩雷拉·德阿尔梅达 著
桑大鹏 译

出 品 人	张庆宁
责任编辑	茹志威　苟婉莹
版权支持	李　博
封面设计	叶　茂
封面绘图	Susa Monteiro
内文设计	史小燕
责任校对	段　敏
责任印制	喻　辉

出版发行	四川文艺出版社（成都市锦江区三色路 238 号）
网　　址	www.scwys.com
电　　话	028-86361802（发行部）　028-86361781（编辑部）
排　　版	四川胜翔数码印务设计有限公司
印　　刷	成都蜀通印务有限责任公司
成品尺寸	140mm×210mm　　开　本　32 开
印　　张	6.5　　　　　　　　字　数　130 千
版　　次	2022 年 6 月第一版　印　次　2022 年 6 月第一次印刷
书　　号	ISBN 978-7-5411-6271-8
定　　价	42.00 元

版权所有·侵权必究。如有质量问题，请与出版社联系更换。028-86361795